I0526414

LA DAMA DE GINEBRA

GERARDO PEREDO GÓMEZ

PUBLISHING
INTERNACIONAL

Copyright © 2022 Gerardo Peredo Gómez
Todos los derechos reservados.

Ninguna parte de este libro podrá ser reproducida
en cualquier forma o por cualquier medio sin
la autorización previa por escrito de la editora,
excepto por los fragmentos breves citados
en reseñas y críticas literarias.

Esta historia está basada en algunos hechos reales, aunque
se han cambiado los nombres de las personas quienes fueron
protagonistas. Igualmente, se modificaron circunstancias y lugares.
Está dedicada al amor que un mexicano profesó por el amor
de una mujer colombiana.

Los puntos de vista y opiniones expresados en este
libro pertenecen al autor y no reflejan necesariamente
las políticas o la posición de Hola Publishing
Internacional. Cualquier contenido proporcionado
por nuestros autores es de su opinión y no tiene la
intención de difamar a ninguna religión, grupo étnico,
club, organización, empresa, individuo o persona.

Esta obra está dedicada a mi esposa, Mayra Camacho Páramo, a mis hijas y descendencia, familiares, amigos, y especialmente a ti, estimado lector, por hacerme el honor de escoger mi libro entre los miles de autores que existimos. Deseo que disfrutes de su lectura al máximo.

Índice

Introducción

Esta historia se desarrolla básicamente a través de dos países y dos culturas que tienen muchas similitudes la una con la otra, tanto en el idioma que hablan como en sus costumbres, tradiciones, festejos, creencias religiosas, cocina y en la formación de su raza.

Aunque Colombia y México se encuentran geográficamente separados por varios kilómetros de distancia, existe, en el corazón de sus pueblos, un fuerte lazo de hermandad entre ellos.

Prólogo

Una historia reveladora que nos mostrará que no siempre debemos dejarnos llevar por nuestros impulsos y debemos confiar un poco más en aquellas señales que casi nunca somos capaces de reconocer. Les puedo anticipar, amables lectores, que quedará en sus mentes y en cada uno de ustedes, una agradable reflexión que puede o tal vez no llegar a modificar su vida.

El autor.

LA
DAMA
DE Ginebra

NOVELA. Esta historia está basada en algunos hechos reales, aunque se han cambiado los nombres de las personas quienes fueron protagonistas. Igualmente, se modificaron circunstancias y lugares. Está dedicada al amor que un mexicano profesó por el amor de una mujer colombiana.

A Blanca Luz...

7:05 a.m. Jueves 18 de septiembre de 2008.

El vuelo 391 de la compañía aérea Mexicana daba inicio a su itinerario al salir del Aeropuerto Internacional Benito Juárez de la Ciudad de México, con destino al Aeropuerto Internacional El Dorado, en la ciudad de Bogotá, D.C., Colombia.

Un enjambre de tropezadas emociones se concebía en los pensamientos de Lehabim Alí, que dentro de unas cuantas horas más se encontraría personalmente con su amada interlocutora; con quien había mantenido, por más de año y medio, una relación cibernética de amistad en una de las tantas páginas de internet. Así pues, con el tiempo, esta relación se convirtió en un noviazgo a la lejanía y, finalmente, en un compromiso formal con promesa de matrimonio.

Por fin ese día había llegado, y en unas horas más, esa larga relación cibernética, de impaciente espera e incertidumbre, en donde los protagonistas pasaban horas tras horas frente a una lúgubre y fría pantalla, sin tener la oportunidad de tocarse, sentirse o percibir el aroma y calor natural que despiden los cuerpos vivos, se convertiría en una fascinante realidad.

Lehabim Alí recordaba el momento cuando decidió usar este método "moderno" de búsqueda para topar con nuevas relaciones de amistad, y descubrir entre estas una posible relación seria con una linda mujer que, con el tiempo, se convirtiese en su siguiente y definitiva compañera de vida. Pasaron por su mente todas aquellas vivencias, buenas, malas y regulares, que había experimentado a lo largo de sus ya cinco décadas de existencia, que por azares del destino tuvo que enfrentar solo. Se convirtió en un padre soltero con la difícil tarea de hacerse cargo, por completo, de la educación y crianza de sus hermosas "jades", como él nombraba cariñosamente a sus hijas. Pero, finalmente, con el transcurso del tiempo, cada una de ellas había tomado ya su propio destino y andar por la vida. Cosa que suele ser tan natural y necesaria para cada ser humano, y que, de una forma u otra, a los padres se nos olvida. Pensamos que eso jamás ocurrirá, creyendo que los hijos siempre permanecerán a nuestro lado, cosa totalmente errónea, ya que de un momento a otro, en un "tris" o "cerrar de ojos", pasa casi siempre y, sin darnos cuenta, se pasa de la compañía familiar y de los hijos a la solitaria realidad de la soledad del individuo.

En fin, Lehabim Alí aprendió a trabajar desde muy joven al lado de su abuelo materno, un migrante árabe de una pequeña nación en el corazón del Reino de Marruecos llamada República Árabe Saharaui Democrática (RASD), en donde se hablan básicamente dos idiomas: el español, que es el idioma oficial, y el árabe, por consecuencias geográficas. Lehabim Alí pasaba mucho tiempo ayudando a su *yeda* (*jid*/abuelo) a comercializar, en México, todo tipo de telas para la confección de lencería femenina, camisas, y todo tipo de prendas de vestir, además de máquinas de coser y variados productos para la industria de la costura.

Después de algún tiempo trabajando con su *"yeda"*, Lehabim prefirió emprender por su cuenta en un sinnúmero de actividades. Algunas le fueron muy remuneradoras, pero en la mayoría de los casos salió a la par y algunas veces hasta salió perdiendo, así que prefirió no arriesgar más y emplearse en una empresa pública, donde prestó sus servicios durante poco más de 30 años. Apenas hacía unos meses obtuvo su jubilación, pero, acostumbrado al trabajo, a cumplir con horarios y a estar en constante presión y movimiento, trató de ocupar esos tiempos ociosos, utilizándolos de manera productiva en diversas actividades. Sin embargo, pasado algún tiempo se dio cuenta de que tampoco esto le causaba satisfacción; así que, sin pensarlo más, un día tomó su mochila. Literalmente se la echó al hombro y se dedicó a aventurar, viajando por casi todas partes del territorio mexicano y fuera de éste, llevándolo a conocer otras culturas, y simultáneamente también enfocó su atención en las bellas artes y se dio a la tarea de escribir.

Sin embargo, pese a todas estas actividades, existía un hueco en su vida por llenar y no hallaba la manera de lograrlo. Así que, cavilando en ello, le llegó a la memoria aquel día en que por casualidad recibió la visita de su hermano, *"al'aswad"* ("el Negrete"), como cariñosamente Lehabim Alí nombraba a su querido hermano Raymundo. Aquel día se volvió un jolgorio de charlas y recuerdos de todas aquellas travesuras que urdían en su niñez mientras que ambos, al mismo tiempo, disfrutaban de un delicioso café con jengibre, a falta de cardamomo, que difícilmente se encuentra en México. Ambos discurrían en lo bueno que sería tener la agradable presencia de unas lindas chicas o, mejor dicho, unas agradables damas carnosas y maduritas allí junto a ellos. En ese momento, el entusiasmo saltó de la mesurada razón a la desbordante perrería de conectar con ellas. Evidentemente se trataba de dos solterones maduros, así que, ¿quién o quiénes les impediría lograr ese objetivo? Luego pusieron en marcha su plan, acercando hasta ellos el computador, que se encontraba sobre uno de los muebles de la sala en donde ambos se hallaban.

Arrancaron a hurgar dentro de las muchas páginas de las "redes sociales" en internet, tratando de lograr sus propósitos y así ubicar a dos lindas señoras que estuvieran dispuestas y quisieran compartir con ellos las mismas inquietudes de las que eran cautivos este par de ardientes individuos: obtener una buena compañía, y, tal vez, hasta lograr algunas propuestas más atrevidas o indecorosas. Todo era cuestión de tiempo y de suerte. Pasaron varias horas mirando fotografías y leyendo la descripción y características de cada uno de los "perfiles" de una buena cantidad de señoras, que se promocionaban con una serie de datos que difícilmente podrían pasarse como genuinos. Se asomaron perfiles en donde aparecían ciertos personajes demasiado peripatéticos, los muy pintorescos, y otros verdaderamente trastornados, los que se tornaban impenetrables. Descripciones asombrosas, pero a la vez extrañas y absurdas. Muchos perfiles pretendían solamente trolear y farolear a discreción, etc. No faltaron aquellos de los que, sea dicho con todo respeto, se dudaría mucho el que pudiesen pescar un resfriado. Tampoco faltaron aquellos que caían en la ridiculez y la vulgaridad. En fin, en la mayoría de las descripciones vistas por aquellos dos buscones, las señoras argumentaban extraordinarios atributos y hasta títulos aristocráticos, y algunos eran de altas alcurnias, siendo de este modo tan exigentes en sus pretensiones que se tornaban absurdas y, por lo tanto, imposibles de ser satisfechas por cualquier simple plebeyo; haciendo conjeturar que todos aquellos quienes pretendiesen entablar con esta clase de señoras una simple relación de amistad, sus esfuerzos pasarían a ser completamente nulos. Por otro lado, estaban aquellas otras que se mostraban urgidas de encontrar a quien buenamente les resolviera la vida y de paso, cabe decirlo, dispuestas a apretar lo que fuera, siempre y cuando se les garantizara cierta estabilidad económica más que cualquier otra cosa en el mundo. Así que ante esta compleja y desilusionadora realidad de las cosas, los hermanos cayeron en el desinterés, y poco a poco el aburrimiento se hizo tal que lo que comenzó como una entusiasta búsqueda terminó en un apachurrado desencanto, dejando abierta esta página, ya sin tomarle mayor importancia, y dejando a un lado el computador.

El Negrete y Lehabim Alí optaron por enfocar la plática por otros derroteros, así que hablaron de la familia, los hijos, el trabajo y los proyectos, la salud, los deportes, los negocios, el gobierno desordenado y corrupto que existe en algunos lugares del mundo, pero que tal vez en México pudiera darse la excepción, en fin, muchos temas más. Pero cuando menos lo advirtieron, se vieron una vez más hablando, de manera inconsciente y automática, de lo bueno que sería tener una compañera de vida. Al parecer no podían evitarlo.

Esa noche se prolongó mucho con todas aquellas alegres y tristes remembranzas del pasado, acompañándolas de tazas y más tazas de café con galletas, pero llegó el momento en que el Negrete tuvo a bien despedirse y retirarse del departamento de su hermano, Lehabim Alí, dejando para mejor ocasión la curiosa búsqueda de señoras vía internet. Ambos hermanos se desearon mutuamente: *¡alsalam maeakum!* (¡La paz sea contigo!).

Al día siguiente, Lehabim Alí se incorporó en la cama muy temprano para ducharse y desayunar un clásico café, huevos fritos con tocino y un plato de papaya con queso cottage. Debía apurar todos sus pendientes, pues dentro de sus planes estaba previsto pasar una larga temporada en su querida "isla".

Tecolutla es un pequeño pueblo de pescadores y se encuentra ubicado al norte del estado de Veracruz. Está cercado al sur por el río Tecolutla y al este por el Golfo de México, generándose así un pequeñísimo ápice, aparentando ser una pequeña "isla" de hermosas playas vírgenes, en donde aún existe esa apreciada paz y tranquilidad que muchos desean tener. Se dice que en Tecolutla existe una hilera de palmeras, una bola de huevones, un río de pescadores, un mar de agua salada y un calor de la chingada; contando con todas estas características tan peculiares, ¿quién no desea pasar momentos de increíble calma en ese lugar? Allí, Lehabim Alí podía sentarse frente a la mar para contemplar su hermosura e inmensidad, sintiendo la caricia del viento y la brisa por todo su ser, respirando profundamente ese aroma especial que tienen los océanos, y ponerse a escribir y soñar todos sus sueños aún no soñados.

Bueno, pues bien, regresando al asunto y habiendo certificado que el refrigerador quedara vacío, que no hubiera quedado por ahí alguna bolsa con basura rezagada en algún rincón, que todos los servicios quedaran pagados, sin adeudos, que las llaves del agua, las de gas y el interruptor del suministro eléctrico quedaran cerradas, como establecen los cánones de seguridad e higiene, acto seguido, Lehabim tomó su equipaje y, echando doble cerradura a las puertas de su departamento, se dirigió al estacionamiento para abordar su "Bactriano", como él nombraba a su apreciado y poderoso Stratus, poniendo en marcha el motor de la nave, partiendo feliz hacia su "isla".

De pronto, una voz amable de mujer y una mano delicada, que alternativamente sacudía levemente su hombro izquierdo, le hizo despertar, pues se había quedado profundamente dormido, teniendo que reaccionar rápidamente de todos sus pensamientos. La guapérrima azafata de la aeronave le indicó que debía abrochar su cinturón, pues estaban a escasos minutos de aterrizar en el Aeropuerto Internacional El Dorado, en la ciudad de Bogotá, Colombia.

Ahora su felicidad estaba a escasos minutos de dar comienzo.

CAPÍTULO I

La isla

7:00 a.m. Domingo 07 de enero de 2007.

—¡Oh! Gran Marajá —interpuso el hermano Mora, ya que así nombraban en Tecolutla, los trabajadores y amigos, a Lehabim Alí—, estamos todos listos y este hermoso mar nos está esperando. Marajá, hoy tenemos pensado llegar hasta el atolón en donde se ha visto un banco más o menos grande de escualos.

—Correcto, hermano Mora —contestó Lehabim Alí—. Dígales a los muchachos que aseguren el equipo y le encargo que revise personalmente mi esnórquel, visor y aletas. También comuníquese con el hermano Gallina para que tenga lista la lancha que nos traerá de regreso a la playa.

—¡Oh! Gran Marajá —dijo el asistente hermano Mora—, le tengo una mala noticia: hoy no contaremos con la lancha. Al parecer le están fallando las válvulas de admisión porque le falta compresión al motor, así que tendremos que ir y regresar nadando.

—Bien, hermano Mora, entonces reorganice la bitácora de hoy y dígale al "Nazareno" que ore por nosotros los pecadores y nos dé su bendición para alcanzar nuestro propósito y tener un buen regreso al campamento.

Ismael Manzanas, mejor conocido como "El Nazareno", era uno de los muchos amigos de Lehabim Alí. Este joven de descendencia judía tenía aspecto y presencia agradable; una estatura de 1.95 m aproximadamente; de complexión delgada y enormes pies, tanto que parecían aletas de las usadas en las prácticas de natación; de piel blanca apiñonada cubierta de abundante bello, con tonos tan dorados que hacía parecer que la piel le brillaba con el Sol; que poseía una larga greña algo crespa, de cabellos dorados y con mechones mezclados de tonos rubios y castaños; de barba cerrada de iguales características a las de su cabellera, y ojos de color café melado y una expresión de paz, de tal modo que asemejaba a aquella imagen que se ha difundido por todo el orbe representando el rostro del Sr. Jesús de Nazaret, al que adora, principalmente, toda la población mundial del cristianismo. Pues bien, regresando al caso, este buen sujeto se dedicaba, entre otras cosas, a filosofar de todas aquellas maravillas de la vida. También ministraba con buenos deseos a turistas y a toda aquella persona que se acercaba a él, y si se trataba de señoras de no mal ver, hasta lograba milagros para ellas, poniéndolas a "flotar" con exuberantes bebidas energizantes para disipar todas sus pecados y amarguras. E igualmente les preparaba exquisitos cocteles afrodisiacos de mariscos y deliciosos platillos con pescado, animando a sus seguidoras con "shows" de faquirismo, recostándose semidesnudo sobre un tablón tapizado con clavos o parándose descalzo sobre las brasas de una fogata. En ocasiones hasta erguía cristales y filosas navajas para afeitar, y para rematar con broche de oro, su acto circense mostraba una extraordinaria exhibición de acrobacia sobre una tabla de surf entre las agitadas olas del mar. Muy, pero muy de vez en cuando, ayudaba en algunas faenas de trabajo en el "Oasis del Talibán", negocio y propiedad de Lehabim Alí, en donde se brindan, al turismo, servicios como una zona para acampar, alberca, alquiler de motocicletas de cuatro ruedas, paseos a las zonas arqueológicas cercanas, venta de alimentos y bebidas excéntricas, etcétera.

Faltaban unos cuantos minutos para las siete de la mañana y el grupo se enfiló hacia la salida del mar en contra del oleaje, que en esos momentos aún se encontraba algo picado por el efecto de la marea de la noche anterior. Sorteando las olas una tras otra, el grupo pudo salir hacia lo más quieto de la marejada y penetrar en la calma de la mar abierta. Comenzaron a bracear, dirigiéndose al lugar planeado; tan sólo su intuición los guiaría y también algo de su experiencia al haber hecho este recorrido en varias ocasiones.

Aproximadamente tendrían que nadar durante un poco más de dos horas. La profundidad en el atolón no era mayor a los siete metros y ahí se podía contar con descansar sobre las rocas del mismo atolón. De hecho, lo salado del agua marina los hacía flotar como si fuesen corchos; realmente era muy difícil que alguien pudiera ahogarse en esas aguas. Lo emocionante de esta travesía era disfrutar del nado en mar abierto y encontrarse frente al banco de escualos vistos antes por pescadores de la zona. Estos peces se alimentaban principalmente de otras especies marinas de peces más pequeñas o, en ocasiones, de las crías de toninas y hasta de las toninas viejas o heridas. También practican el canibalismo. Precisamente eso era lo que Lehabim Alí y su grupo esperaban. Primero, dejarían que las toninas pasaran por delante, haciendo todo el revuelo de la cacería porque sabían que detrás de éstas vendrían siguiéndolas, sin duda alguna, los escualos, que, aprovechando el desconcierto de los peces, podrían alimentarse de ellos sin mayor esfuerzo.

El grupo de aventureros amigos también sabían el riesgo que correrían estando en medio del frenesí de la cacería, pues podría ser que alguno de estos bichos clavara sus filosos dientes en la piel de uno de ellos. Sin embargo, a cada instante la adrenalina en cada uno de ellos iba en aumento; esto hacía que se volviera más intenso y emocionante el aguante en ese lugar, pues todos sabían que cualquiera de los integrantes del grupo podría ser víctima del ataque desorientado de algún tiburón y convertirse en el almuerzo de éste. Parecía algo así como el juego del gato y el ratón con un poco de inconsciencia, mucho de estupidez y, finalmente, un reto para vencer los miedos de cada quien, demostrándose a uno mismo hasta dónde se puede ser capaz, o no, de llegar a resistir lo más cercano a un peligro, tratando con mucho temple de controlar, con toda ecuanimidad posible, todas las emociones que se suscitan en esos momentos, o tal vez buscando lograr la admiración y respeto de otros y nutrir el ego propio.

Varias horas transcurrieron para que la cacería terminara. Aunque se había prolongado un poco más de lo esperado, por fortuna, todos los integrantes del grupo de amigos salieron ilesos, aunque algunos quedaron literalmente con los pelos de punta y tartamudeando al hablar porque aún la adrenalina hacía su efecto. Lehabim Alí procuraba no demostrar sus emociones, aunque por dentro su corazón latía más rápido de lo acostumbrado. Trató, igualmente, de disimular su preocupación por el retorno a la playa, porque sabía bien que las brazadas de regreso serían cada vez más difíciles por el esfuerzo que antes habían tenido que hacer para mantenerse a raya de los tiburones, y a esto le debían agregar el movimiento de la marea, que comenzaba a sentirse ya en ese momento de la tarde. Así que estaba obligado a apresurar el retorno, sabiendo del riesgo que seguían corriendo, por si es que acaso algún tiburón rezagado y hambriento anduviese merodeando por ahí, en la búsqueda de un "bocado".

Lehabim Alí le pidió a su asistente:

—Hermano Mora, toma tu posición de guía al frente del grupo e inicia el nado hacia la playa. Ordénale al hermano Conejo que tome la posición de la retaguardia junto con el hermano Oso... yo permaneceré en la posición media. ¡En marchaaaaaaaa!

La marcha dio inicio y el grupo formó una fila de dos en dos, encabezada por el hermano Mora, seguido a una distancia aproximada de tres a cuatro metros por el hermano Lobo y el hermano Mantarraya; seguido de estos venían el hermano Solím y el hermano Chorejas; atrás, el hermano Quika y el hermano Milparientes; más atrás, el hermano Tres Trenes, el hermano Evaristo, el hermano Periquero, el hermano Mingo y otros más. En medio de la fila se encontraba Lehabim Alí y al final estaban el hermano Conejo y el hermano Oso, tal y como se había planeado.

Al llegar al primer alfaque saliendo a la playa, se toparon con una marejada severa. Las corrientes de agua que se mezclaban del río Tecolutla y el mar hacían más violento y difícil el paso hacia la playa al grupo de bañistas, que ya comenzaban a sentir el agotamiento físico, el cual puede provocar los temidos calambres en los músculos de los nadadores, pues esta había sido la primera ocasión en la que les había tocado ir y regresar nadando de la playa al Atolón y viceversa. Ninguno de ellos cayó en cuenta de esta muy probable situación antes de tomar la decisión de salir a la mar sin el apoyo de una lancha; bueno, casi nadie, solamente Lehabim Alí y su primer asistente, el hermano Mora, lo tomaron en cuenta. Ellos asumieron la responsabilidad del sano regreso a la playa de todo el grupo, así que cuando Lehabim Alí fue informado por su asistente, el hermano Mora, de que no habría lancha para este recorrido, le ordenó al hermano Mora que diera aviso al hermano Nazareno para que rogara por ellos. Esto era una clave que Lehabim Alí e

Ismael Manzanas, mejor conocido como el hermano Nazareno, tenían ya establecida, en la que se preveía que, en el caso de observar que el grupo no llegara antes de las 6:30 de la tarde, tendría que dar aviso al hermano Felino o al hermano Dhalai, quienes trabajaban como lancheros y ofrecen paseos por la mañana a turistas en el río Tecolutla, y por la tarde sus lanchas quedaban libres. De tal suerte que ambos fueron avisados por el hermano Nazareno y acudieron con sus lanchas al salvamento de su amigo, Lehabim Alí, y su grupo, interceptándolos entre los alfaques y la marejada cada vez más intensa.

Por fin, gracias al aguante y a la resistencia física de nuestros amigos, y a la destreza en la conducción de las motoras de los dos lancheros, el regreso a la playa, y finalmente al campamento, fue exitoso y sin nada que lamentar. En ese momento juraron todos no volver a hacerlo sin el apoyo de una lancha.

Los amigos se despidieron y cada quién se dirigió a sus respectivas viviendas; no quedaban más ganas para ellos que beber un café bien calientito con un sabroso pan de dulce y echarse a roncar hasta el día siguiente, ya que ese día había sido especial, como pocas veces se puede vivir.

Lehabim Alí agradeció la asistencia de sus amigos, los hermanos Felino y Dhalai, y muy especialmente al hermano Nazareno, que, si no hubiese dado el aviso, tal vez la entrada a la playa habría sido causa de alguna desgracia que lamentar.

Ya a solas en su habitación, en horas de la madrugada, Lehabim Alí, después de una larga ducha, se preparó un humeante café, se acomodó en su acojinado sillón reclinable y dio un ansiado sorbo a ese delicioso café mientras meditaba acerca de todas las odiseas pasadas de ese día. Reconoció haber tentado a la suerte y que los riesgos fueron muchos y peligrosos allá, estando en el arrecife, con más de 30 tiburones rodeándolos, sin una embarcación en donde resguardarse de un posible ataque o, peor aún, de un imprevisto calambre por la fatiga a alguno de los integrantes del grupo. En fin, lo que más le inquietó fue el regreso a la playa y la lucha contra la marejada entre los alfaques, ya que allí sí se libra siempre una verdadera batalla en contra de las fuerzas de la naturaleza.

Aún con todas estas emocionantes aventuras, Lehabim Alí seguía inquieto; algo más le faltaba que no lo dejaba sentirse a plenitud. Entonces pensó en lo grato que fue haber conocido a Martha Alicia, una bella turista que se había hospedado con una amiga en el "Oasis del Talibán", negocio de Lehabim Alí. Ellas provenían de la ciudad de Reynosa, Tamaulipas, ellas fueron especialmente atendidas por el propio Lehabim Alí y su asistente, el hermano Mora. En ese instante se le ocurrió a Lehabim Alí lo bueno que sería devolverle la visita a Martha Alicia allá en Reynosa, pero finalmente el cansancio lo alcanzó y se quedó profundamente dormido entre sus pensamientos.

CAPÍTULO II

Reynosa

6:30 a.m. Sábado 17 de marzo de 2007.

Lehabim Alí, que dormía agradablemente después del agitado día anterior, fue bruscamente avivado por los gritos de su asistente, el hermano Mora, quien debía de cumplir esta función todos los días. Por un momento, Lehabim Alí estuvo a punto de callarlo, pero contuvo ese impulso y dejó que Mora siguiera gritando como loco. Lehabim Alí se incorporó en su colchón inflable y se dirigió, casi sonámbulo, nuevamente a la ducha, mientras que Mora seguía gritando para despertarlo. Por fin, Lehabim Alí salió de su habitación e inmediatamente se dirigió a su asistente.

—Hermano Mora, dígale usted a la hermana Malú que nos tenga listo el desayuno… en cinco minutos nos sentaremos a la mesa. ¡Ah! ¡Y adviértale que no vuelva a omitir los frijoles y que el café debe ser caliente, muy cargado y sin canelaaaa!

El hermano Mora, haciendo una señal al estilo de la milicia, contestó *ipso facto*:

—A la orden, ¡oh, gran Marajá! —y salió disparado rumbo a la cocina.

Ya sentados a la mesa ante un suculento desayuno campirano, con un estilo costero que la hermana Malú poseía, había preparado unos huevos estrellados en una salsa asada de tomate con abundantes lonjas de tocino, un platón con plátano macho frito, un recipiente con crema y otro con leche condensada para embadurnar los plátanos, según fuera el gusto de cada quien. En la mesa también estaba una olla de barro bien caliente con frijoles negros machacados, que despedían un aroma que provocaba que la boca se hiciera agua, y un canasto con deliciosas tortillas de maíz echadas a mano, además de que no podía faltar el café y unos deliciosos panes dulces de la región… Mmmmmmmmmmh, ¡rico! Y provecho, se dijeron uno al otro, dando cuenta como si fueran hambrientos tiburones en su loco frenesí por alimentarse. Ya quedando satisfecho su voraz apetito, Lehabim Alí informó a su asistente Mora que había planeado ir a Reynosa por algunos días a encontrarse con Martha Alicia, así que le dejaría la responsabilidad y a cargo de los trabajos, así como de los trabajadores y del negocio en general. Por lo pronto, este día especial, en que se celebraba un aniversario más en todo el país sobre la expropiación petrolera pronunciada por el general Lázaro Cárdenas del Río en el año de 1938, siendo este presidente constitucional de los Estados Unidos Mexicanos, se proponían asistir al baile del pueblo que se organiza en el kiosco central, frente al edificio del ayuntamiento. Después del bailongo pasarían a cenar al restaurante del hermano "la Quika", quien gustaba de compartir aventuras con el grupo de los "Talibanes", como se les conocía en el pueblo a los amigos y trabajadores de Lehabim Alí. En fin, allí decidieron cenar porque, saliendo de ese lugar, se dirigirían a la playa a quemar las luces artificiales y "cuetes" que tenían guardados en el campamento del Oasis del Talibán. Y, naturalmente, invitarían a las turistas que paseaban por "la isla" y seguramente esa noche conquistarían a alguna de ellas. Casi todo lo que organizaban estaba perfectamente calculado. Y así fue… Esa noche la pasaron agradablemente acompañados.

7:30 a.m. Domingo 18 de marzo de 2007.

Lehabim Alí se llevó una ligera sorpresa al despertar esa mañana, pues en su habitación, en un colchón matrimonial inflable de los que usaban para alquilar en la zona de campamento, se encontraban durmiendo el hermano Mora y una de las turistas con las que habían departido la noche anterior. Tuvo que contener su enojo, pues no tenía más remedio, ya que él igualmente había pasado la noche acompañado de otra turista, de nombre Sandra Rincón, así que pensó en idear una artimaña para apurar a despachar lo antes posible de su habitación al hermano Mora y al par de turistas en cuestión. Apagó el clima y abrió abruptamente las cortinas y ventanas de la habitación, al mismo tiempo que accionaba la alarma de la chicharra que servía como aviso en caso de alguna eventualidad. Así que Lehabim Alí, con un grito en tono de fa (volumen fuerte, pero entonando rapidez), le advirtió al hermano Mora que se había presentado una contingencia en algún sitio del Oasis del Talibán y era necesario salir a inspeccionar y mirar de qué se trataba. Mora se incorporó en su lecho y, más dormido que despierto, él y Lehabim salieron de la habitación. Estando ya afuera y lejos de la habitación de donde se encontraban las lindas turistas, Lehabim Alí le recordó a Mora que él saldría esa tarde rumbo a Reynosa. En ese momento, Mora, con una expresión en su rostro de incógnita, le preguntó a su amigo y jefe:

—Marajá, ¿acaso esta señora con la que has hecho tan buena relación no te convence?

—Hermano Mora —advirtió Lehabim Alí—, tienes razón en estar confundido. Yo también lo estoy. Ciertamente, esta bella señora es encantadora y me ha tratado y me ha hecho sentir muy bien, pero hay algo en ella, tal vez en mí, que no se consolida. Puede que sea la inquietud de volver a ver a Martha Alicia, por eso es que viajo a Reynosa, hermano Morita.

—Está bien, gran Marajá. Solamente tú sabes lo que quieres y lo que buscas. Te deseo lo mejor y que lo encuentres.

En ese momento, las señoras salían ya listas y muy guapas de la habitación y dirigían sus pasos hacia donde se encontraban charlando nuestros amigos.

—Buenos días, chicos —dijo Sandra; se acercó a Lehabim Alí, lo abrazó y le besó con ternura en los labios.

La otra señora imitó a su compañera, sólo que en este caso fue con el hermano Mora, pero el beso de Aleida Jiménez fue más apasionado que tierno. En fin, todos sonrieron y se dirigieron al comedor, en donde la buena hermana Malú tenía ya listos los platillos que saborearían en el desayuno nuestros amigos y sus acompañantes. Así transcurrieron poco más de dos horas y de allí partieron rumbo al río Tecolutla.

Abordaron "La Canela", nombre de la embarcación que piloteaba el hermano Dhalai. Recorrieron en la lancha una buena parte del manglar, que es considerado como un tipo de bioma (mangles), muy tolerante a la sal, y ocupa la zona intermareal cercana a las desembocaduras de cursos de agua dulce de las costas de latitudes tropicales de la Tierra. Así, entre las áreas con manglares, se incluyen estuarios y zonas costeras. Tienen una enorme diversidad biológica con alta productividad, encontrándose tanto un gran número de especies de aves como de peces, reptiles, insectos, crustáceos, moluscos, etcétera. Regresando a nuestra historia, nuestros amigos habían pasado varias horas disfrutando de las maravillas del manglar cuando la voz del hermano Dhalai interrumpió diciendo:

—Hermano Marajá, la hora del jején se acerca.

No había terminado de decir esto el hermano Dhalai cuando Lehabim Alí propuso una rápida retirada del lugar, antes de ser severamente atacados por enormes enjambres de mosquitos, que a cierta hora de la tarde en el manglar se vuelven una calamidad.

Unos minutos más tarde, después de haberse despedido del hermano Dhalai, el grupo agradeció todas las finas atenciones del lanchero con una gratificante propina. Mientras tanto, Sandra y Lehabim Alí se despedían con un largo y prolongado abrazo, pues ambos viajarían esa misma noche, sólo que cada uno lo haría a diferentes destinos, pero no sin antes prometerse que volverían a buscarse. Naturalmente, ninguno de los dos sabía lo que el destino les depararía a cada uno.

La estación de autobuses ADO, terminal Tecolutla, Veracruz, anunciaba su próxima salida de las 11:30 p.m., con destino a la ciudad de Reynosa. Los dos amigos acordaban estar en contacto continuo y Lehabim Alí daba las últimas indicaciones a su asistente, el hermano Mora. En ese momento, la voz del altoparlante indicó la salida de la última corrida con destino a la ciudad de Reynosa, Tamaulipas. Lehabim Alí tomó su equipaje y se dirigió a abordar el autobús, y con una señal a la usanza musulmana se despidió de su amigo. ¡*Bararkh allah flikum!* (Dios bendiga).

13:00 p.m. Lunes 19 de marzo de 2007.

El autobús 306 de la empresa ADO hacía su arribo en la terminal de ciudad Reynosa, Tamaulipas. Aunque Lehabim Alí había dormitado durante casi todo el trayecto, buscó la forma más rápida para llegar, alquilando un taxi para que lo condujera hasta el hotel Verbena Americana, en el que ya tenía previa reservación. Al instalarse, la primera intención era tomar una refrescante ducha y luego degustar un nutrido almuerzo, pues los intestinos comenzaban a gruñirle estrepitosamente.

Ya saciadas sus prioritarias necesidades, después de un suculento menú, Lehabim Alí fue llevado hasta el interior de la habitación 333. Salió a la amplia terraza para observar el desarrollo urbano de aquella ciudad norteña y relajar un poco la tensión de 12 horas de viaje. Luego extrajo un sencillo, pero eficaz, teléfono móvil de uno de los bolsillos de su pantalón, procediendo a marcar el número 899-881… Al tercer timbrazo se oyó la voz de una mujer madura.

—Hola, ¿quién habla?

En esos instantes, Lehabim Alí titubeó unos segundos antes de contestar, y a punto estuvo de acabar la llamada, aún sin haber iniciado conversación alguna, pero respiró profundamente y repuso:

—Hola, Martha Alicia, soy yo. Estoy en Reynosa y deseo verte.

Nuevamente hubo unos instantes de silencio antes de que Martha Alicia contestara.

—Perdón, ¿de dónde llamas? ¿Quién eres?

—¡Oh! Sí, disculpa, soy Lehabim Alí de Tecolutla. ¿Me recuerdas? Tuve el placer de atenderte en mi negocio, fue allí en donde nos conocimos.

—¡Ah! Sí, claro que te recuerdo muy bien. Qué sorpresa. Y dime, ¿cuándo llegaste a mi ciudad?

—Llegué hoy al medio día, estoy hospedado en el hotel Verbena Americana.

—Magnífico —repuso ella—. Sabes, ahora me encuentro en el Hospital Regional. —¡Quéééé! ¡Cómooooooooo! ¿Qué tienes, qué te ha sucedido? —exclamo él con sobresalto.

—Tranquilo, amigo, tranquilo. No es lo que tú crees. Yo trabajo aquí; soy médico, ¡ja, ja!

—Uffff, qué susto me has dado mujer, casi me infarto. Jamás lo mencionaste.

—Jamás lo preguntaste.

—Tienes razón, pero dime, ¿crees que podamos vernos esta noche?

—Me encantaría —dijo ella—. Llámame nuevamente a las 11 de la noche, cuando termina mi turno, y entonces te diré en qué lugar nos encontraremos.

—Correcto, así lo haré. Hasta más tarde, Martha.

—Hasta más tarde, Lehabim Alí.

11:00 p.m. Lunes 19 de marzo de 2007.

Lehabim Alí llamaba en punto al móvil de Martha. Uno, dos, tres timbrazos y se escuchó la voz de Martha que decía:

—Amorcito, te espero en la entrada principal del Hospital Regional dentro de 20 minutos, bye, bye.

—¿Y tú sabes quién está hablando? —Lehabim Alí le preguntó.

—Claro, cariño. Hoy hablaste conmigo por la tarde —e inmediatamente después de esta breve conversación cortó la llamada.

Lehabim Alí se encontraba sentado en un cómodo sillón del lujoso lobby del hotel. Con pesadumbre, se incorporó rápidamente de su plácida posición para dirigirse a la salida y abordar uno de los taxis que prestaban sus servicios a la entrada del hotel, indicándole que lo llevara hasta la entrada principal del Hospital Regional, pues no tenía ni la menor idea de la ubicación o la dirección de dicho nosocomio.

10 minutos después de haber abordado el taxi ya se encontraba frente a la puerta principal del hospital. Pagó el costo de la tarifa, bajó del automóvil, dio unos cuantos pasos hacia la entrada y su vista se topó con una bella mujer madura de unos 45 años, de estatura media, piel blanca y con una cabellera larga de color rubio que se hacía recoger con una especie de diadema elástica de color negro. Vestía una falda de color oscuro, al parecer azul marino, una blusa en un tono rosa pálido, que hacía una perfecta combinación con la falda y el tono de su piel, y un par de brillantes zapatillas negras de tacón alto. Aún llevaba puesta sobre sus ropas una bata blanca, con un clavel rojo prendido a la blusa sobre el busto del lado derecho. Ella también lo miraba fijamente y sonreía, haciéndole señas, tratando de que él se diera cuenta de que allí estaba.

Ambos caminaron hasta encontrarse frente a frente, dándose un fuerte apretón de manos y un prolongado abrazo. Se miraron con extrañeza, como tratando de reconocerse, pero eso no impidió que los dos sintieran el mismo impulso de besarse estando parados casi en medio de la escalinata de la puerta principal del hospital.

Lehabim Alí la tomó de la mano y se encaminaron, escalones abajo, rumbo a la acera de la avenida Álvaro Obregón, en donde él, con cierta ansiedad, comenzó a llamar con señas a los pocos taxis que circulaban a esas horas por el lugar. Ninguno de estos acudía a sus insistentes llamados, mientras tanto, ella lo observaba sonriendo, hasta que Martha Alicia se conmovió diciendo:

—Hey, hey, espera. ¿Qué haces, "nene"?

—Estoy tratando de que uno de estos pinches taxistas nos haga el cabrón favor de llevarnos a algún lugar —contestó Lehabim Alí—.

—Tranquilo, nene. Vamos por mi auto, que está en el estacionamiento del hospital.

Ambos soltaron una carcajada, aunque Lehabim Alí se sentía como un verdadero estúpido por el "show" que acababa de interpretar.

Al fin llegaron al estacionamiento y abordaron el pequeño automóvil último modelo de la Dra. Martha Alicia. Recién instalados en el interior del auto, ella de inmediato le sugirió dirigirse al lujoso bar BeverlyS... Que resultó ser uno más de esos muchos sitios de música con sonido estridente en donde se baila y expenden bebidas alcohólicas durante toda la noche. A Lehabim Alí no le gustó mucho la idea, pero quien conocía la ciudad, sus recovecos, y conducía el automóvil, teniendo el completo control de la situación por ser la anfitriona, era la hermosa Dra. Martha Alicia. Así que él, tratando de disimular su desagrado frente a la Dra., sonrió forzadamente y exclamó:

—No soy muy bueno para bailar Martha, pero trataré de no pisarte los pies y que no te aburras conmigo.

—Nene, muchas gracias por lo que me dices, pero te aseguro que no será así, pues quiero aprovecharte todos estos días que pasaremos juntos —enunció al mismo tiempo en que se levantaba la falda, sobándose ligeramente la pierna derecha con su mano del mismo lado—. ¡Upsssss!

Lehabim Alí tragó saliva.

La noche comenzaba y ellos se introdujeron al bar BeverlyS, instalándose en una mesa cercana a la pista de baile de alrededor de 70 metros cuadrados de área libre, con piso transparente parecido al acrílico. Debajo de ese piso se podían ver varias filas de lámparas de colores, básicamente rojas, azules, verdes y amarillas, dirigidas hacia arriba. El techo de la pista, en sentido inverso, era iluminado por lámparas de colores. Los mismos colores encendían y apagaban todas estas lámparas, en un aparente compás con el ritmo de la música. Por todo lo demás, nada era diferente o extraordinario en comparación con lo común de los bares.

El mesero se acercó para tomar la comanda y entonces ordenaron: para ella un tequila Herradura con refresco de toronja y grosella, y para él un ron Solera con agua mineral. La música comenzó y Martha Alicia, *ipso facto*, se paró a bailar, invitando a Lehabim Alí.

Fueron muchas veces las que bailaron juntos; cada vez lo hacían más cercanos uno del otro. La Dra. se había bebido más de cinco tequilas, haciéndose notorio su estado desinhibido y provocativo. Lehabim Alí también había bebido, sin acostumbrar a hacerlo de manera seguida, así que procuró controlarse y bebió las primeras tres tandas con ron y las siguientes solamente con agua mineral. Dejó pasar un rato más, sugiriéndole a la Dra. que se retiraran del lugar para que ella pudiera descansar un poco, ya que dentro de unas cuantas horas, la Dra. debía presentarse muy temprano en el hospital para cubrir un día más de trabajo como médico residente. Afortunadamente, Martha Alicia aceptó la propuesta, pidiéndole a Lehabim Alí que fuera él quien ahora condujera el automóvil, cubriendo la cuenta, y salieron del lugar. En seguida abordaron el automóvil último modelo, propiedad de la Dra., y Lehabim Alí fue guiado torpemente por los datos proporcionados por la Dra. Martha Alicia, quien ya iba más dormida que despierta. Por alguna razón, al buscar el camino correcto hacia el domicilio de la Dra., se toparon de frente con un local al que se le denomina como Kiosco. La Dra. entreabrió los ojos y le pidió a Lehabim Alí que se formara detrás de una fila de más o menos siete u ocho automóviles más que esperaban ser atendidos a través de una ventanita, en la que se despachaban tradicionales cócteles muy solicitados por la gente en Reynosa.

Finalmente llegó el turno de nuestra pareja. Martha Alicia previamente había hecho su pedido y recomendó una bebida a Lehabim Alí.

—Señor, ¿qué le sirvo?

—Deme usted un *strawberry* daiquiri y un mojito.

—Claro que sí, señor, con todo gusto le atendemos. ¡Sale un *straw*… y un…

—Gracias. ¿Cuánto debo?

—Son nada más $355 pesos, señor.

Nuevamente se pusieron en marcha, disfrutando cada uno de su bebida. Sortearon varias calles y avenidas hasta llegar a la colonia Rodríguez y, por fin, Martha Alicia dijo:

—Aquí dobla a la derecha en la siguiente calle, Guadalajara, en el No… Frente a esa reja blanca tienes tu casa.

Después de estacionar el auto, caballerosamente, Lehabim le abrió la portezuela mientras que la Dra. hurgaba su bolso en busca de las llaves de su casa, sin lograr hallarlas. Entonces pidió a Lehabim que fuera él quien las buscara entre un mundo de chácharas que contenía el bolso.

—¡Por fin aparecieron las llaves! —dijo él y procedió a abrir la puerta de la reja blanca.

Pero Lehabim detuvo la acción porque a escasos cinco metros dentro de la casa, un enorme dogo de raza híbrida, pero con muy mala actitud, lo observaba fijamente, siguiendo todos y cada uno de sus movimientos. Así que decidió despedirse desde ahí de su amiga, la Dra. Martha Alicia. La primera razón fue el dogo, y la segunda que no quería forzar las cosas; realmente deseaba que lo que pudiera surgir entre ellos se diera poco a poco y con el tiempo. En esos pensamientos estaba cuando se percató de que la Dra. ya tenía abierta la puerta de par en par y el dogo le olfateaba, sin ninguna reserva, sus partes nobles. En seguida, clavándole el gran hocicote chato entre las nalgas, el perro prosiguió en su investigación de saber quién era aquel extraño que llegaba acompañando a su querida ama. Lehabim Alí quedó inmóvil y muy incómodo ante tal cacheo; creo que jamás se había sentido tan abochornado como en esos momentos lo estaba.

—¡Ja, ja, ja, ja, ja, ja! —estalló una fuerte carcajada; Martha Alicia, al contemplar toda esa escena, no pudo contenerse y echó a reír—. Nene —repuso ella—, no te asustes.

"Vicente", así fue nombrado el gran can, en alusión a un presidente grandote que usa botas y que es muy estúpido en algún país del mundo.

—Vicente es un perro muy amigable y lo único que desea es saber quién será su nuevo dueño, ¡ja, ja, ja, ja, ja! —una vez más, Martha Alicia echaba a reír abiertamente.

«¿Nuevo dueño? ¿Qué querrá decir con eso?», pensó Lehabim Alí. Y contra toda su voluntad, tratando de dominar sus miedos, estiró la mano izquierda para rascarle la cabeza al animalito que ahora estaba frente a él, sin quitarle la mirada

—¡Glup! —exclamó silenciosamente Lehabim Alí.

En ese momento, y muy oportunamente, Martha Alicia le ordenó a Vicente:

—Métete a tu casa, perro del averno. Ya déjanos en paz.

Tomando de la mano a Lehabim Alí, la doctora lo introdujo a la sala de su casa y le pidió que tomara asiento en uno de los cómodos y finos sillones de la sala. Él se lo agradeció mucho, pero insistió en que ella tenía que descansar, puesto que debía presentarse en el hospital en unas cuantas horas más. Además, él debía regresar a su hotel para tomar una ducha, hacer una muda de vestuario y, naturalmente, llevar a cabo todos los arreglos necesarios para reunirse nuevamente por la tarde con ella.

—Muy bien, nene —dijo Martha Alicia—. Sólo quiero que me hagas favor de esperar unos minutos más, ahora vuelvo para despedirnos.

La doctora subió por las escaleras de su casa, que llevan a los dormitorios, y desapareció. No habían pasado más de 10 minutos cuando ella reapareció bajando por las escaleras, sólo que Lehabim Alí, al verla, no supo qué decir ni qué hacer, pues Martha Alicia llevaba encima un mini *baby doll* color rosa con holanes y adornos en color negro, y pantaletas del mismo tono que los adornos.

—Dime, mi nene, ¿cómo piensas llegar a tu hotel? ¿Quieres llevarte el auto? ¿Te pido un taxi o prefieres pasar el resto de la noche conmigo en la seguridad de mi habitación?

Por varios segundos, Lehabim Alí permaneció mudo, admirando complacido la belleza de Martha Alicia, que coquetamente jugueteaba con un cordoncillo que pendía de su diminuta prenda. Aún confuso por la agradable sorpresa, contestó:

—Sí, creo que tienes razón. Es mejor que me quede aquí contigo, pero ¿estará bien que estemos los dos en tu habitación?

—Como gustes, nene, mi habitación es la única que cuenta con una cama *king size*; las otras habitaciones no tienen y les doy usos distintos.

Lehabim Alí esbozó una sonrisa franca y con un movimiento de cabeza, asintiendo, dijo:

—Desde este momento soy tu paciente, Dra.

Acercándose a ella, estrechándola por la cintura con sus fuertes brazos, Lehabim la besó con pasión y sin más palabras la llevó cargando hasta la habitación, depositándola sobre la estupenda cama.

8:00 a.m. Martes 20 de marzo de 2007.

El sonido de la música de un radio estéreo que venía de una de las habitaciones contiguas de la casa despertó a Lehabim Alí, quien, de momento, y un tanto adormilado, se preguntó dónde estaba. Él recordaba bien que había pasado la noche con la Dra. Martha Alicia, sólo que ella no se encontraba en la cama. Entonces miró un reloj que pendía de una de las paredes de la habitación y pudo percatarse de que ya eran las 8:09 a.m. En esas deducciones se encontraba cuando una voz interrumpió sus pensamientos, provocándole un leve sobresalto.

—Hola, nene. ¿Cómo pasaste la noche? ¿Te gustó? Porque a mí me encantó… ¡Ja, ja, ja!

Lehabim Alí la miró. «En verdad es bella», pensó. Martha Alicia ya se había duchado, maquillado y vestido, pero lo más sorprendente era que ella se notaba tan "vigorosa y fresca como una lechuga", como si la noche anterior no le hubiese afectado absolutamente en nada. Ya estaba lista para salir rumbo al hospital.

—Nene —dijo Martha Alicia—, hoy te espero a las 12:00 p.m. en el hospital, es mi hora de descanso; así aprovechamos, comemos juntos y pasamos a tu hotel a recoger tu equipaje. Me dejas de regreso en el hospital y más tarde te alcanzo en la casa.

—De acuerdo… pero ¿Vicente me reconocerá? —preguntó Lehabim.

—Ja, ja, ja. ¡Nene! Pero si ya eres su amo y el mío también; no te hará daño, te lo aseguro.

—Bueno, eso espero —contesto tímidamente Lehabim Alí

7:30 p.m. Martes 20 de marzo de 2007.

Después de haber hecho todo ese recorrido, trasladándose del hospital al hotel y del hotel nuevamente al hospital, dejando allí a la Dra. según lo planeado, al llegar más tarde a la casa de la Dra. abordo del taxi que lo llevó durante todo ese recorrido, Lehabim se introdujo a esta con todo y equipaje, pero con cierto recelo, pues el alerta vigía estaba allí, atento a todo movimiento de lo que acontecía en casa. Al comprobar que quien llegaba era Lehabim Alí, el gran dogo comenzó a mover la cola vigorosamente como un alocado péndulo, y luego posó su mirada en una pelota parecida a las que usan en el béisbol y arrancó por ella. Acto seguido, se paró frente a Lehabim Alí y, estirando su gran hocico, se la puso sobre su mano, como invitándolo a jugar. De este modo, hombre y bestia jugaban; uno lanzando la pelota y el otro persiguiéndola vivazmente en uno y mil rebotes. Ambos seres disfrutaban como "infantes" el entretenido juego de pelota, como si tratasen de reafirmar sus lazos familiares.

Después de un período de juego, Lehabim Alí decidió que ya era hora de darlo por terminado, darse una ducha, buscar algo que comer y sentarse a mirar algún programa en la TV para esperar cómoda y pacientemente a la Dra. Y así lo hizo, quedando profundamente dormido.

El ruido de la reja al abrirse, el motor del auto y los fuertes ladridos de Vicente, despabilaron de su sueño a Lehabim Alí, justo al momento cuando Martha Alicia aparecía en el quicio de la puerta de la sala.

—Buenas noches, nene —dijo ella—. Veo que Vicente y tú ya son amigos.

—¿Y cómo lo sabes? —preguntó Lehabim Alí.

—Muy sencillo, lo sé por la maceta que me rompieron y porque la pelota la tienes en las manos.

—Oh, ¡lo siento!

Martha Alicia, entre otras cosas, conservaba en su casa un mundo de plantas y un hermoso jardín repleto de árboles, tanto ornamentales como frutales; hasta tenía los muy codiciados bonsáis. Así que esos dos bribones ya estaban metidos en un buen lío.

—Nene, creo que tendrás que resarcir el daño hecho. Y si no quieres que los eche de casa a los dos, invítame a cenar fuera.

—Por supuesto, primor, pero dime, ¿a dónde te gustaría ir?

—Vamos al bar El Dorado.

La idea de ir a un bar no era muy del agrado de Lehabim Alí, pero no habiendo otra opción, no le quedó más remedio que aceptar.

—Está bien, mamacita. Vamos a donde quieras.

Martha Alicia se introdujo al tocador a darse, como coloquialmente se dice, "una manita de gato". No tardó mucho y ambos salieron de la casa.

Al ir cruzando por el jardín, Lehabim Alí notó la extraña ausencia de su compañero de juego, que no salió a despedirlos, pero el reflejo de unos ojos en la parte oscura bajo el asador delató a Vicente, que astutamente se escondía de Martha Alicia, pues de alguna manera estaba consciente de la travesura que habían ocasionado.

Abordaron el pequeño automóvil último modelo y salieron rumbo al bar.

Para sorpresa misma de Lehabim Alí, pese a todo lo contrariado que se sentía al salir de casa, el tiempo transcurrió agradablemente en el bar "El Dorado". La cena fue exquisita, escuchando música de piano en vivo, con un servicio en la cena de primera clase. El inconveniente fue que la Dra. una vez más había abusado de las margaritas, cocteles servidos básicamente con tequila, sal y limón.

El piano dejó de tocar para dar paso en a la pista de baile, que se iluminó con cientos de luces multicolores y dio inicio la música estridente, básicamente norteña, del sonido local. Así que la hermosa Dra., como un resorte, se incorporó levemente, trastabillando, y pidió a Lehabim Alí que bailaran. Éste no se hizo de rogar y la tomó por la cintura, la miró fijamente y, antes de iniciar el baile, le plantó un beso tiernamente en la mejilla. Ese día lo finalizaron bailando en aquel "antro".

2:45 a.m. Miércoles 21 de marzo de 2007.

Regresando a casa, en seguida, apenas entrando, Martha Alicia inició a quitarse la ropa, tirándola al piso sobre el quicio de la entrada y la escalera, hasta quedar completamente desnuda en su habitación. Se echó boca abajo sobre la cama y quedó completamente dormida. El cansancio era evidente en ella. Su trabajo como médico en el hospital exigía mucha puntualidad, disciplina y concentración, puesto que trataba ni más ni menos con la salud y la vida de las personas enfermas de cáncer. Lehabim Alí se inquietó al pensar que el actual comportamiento indisciplinado de la Dra. se debía a que ella estaba tratando de desafanarse de todas las presiones del hospital, tratando de lograr ser una buena anfitriona, como en su momento lo fue Lehabim Alí en su negocio de Tecolutla: El Oasis del Talibán. Así que creyó que sería más pertinente cambiar el itinerario para esa noche; tal vez podría ser más placentero ordenar una pizza a domicilio y degustarla frente al televisor. «Le diré hoy a

Martha Alicia lo que haremos esta noche», pensó Lehabim Alí, y dirigiendo su vista hacia el tálamo en dónde yacía la bella Dra., profundamente dormida y soltando fuertes ronquidos. Se acostó a su lado admirando esa figura esbelta y esa blanca piel. Procedió a abrazarla, apagó la luz de la lamparilla que estaba sobre el buró y…

8:05 a.m. Miércoles 21 de marzo de 2007.

Una vez más el sonido de la música a alto volumen lo despertó apenas unas cuantas horas habían pasado, cuando quedó dormido abrazando a la bella Dra. se percató de nueva cuenta que ella no estaba en la cama. En ese momento ella salía de la ducha.

—Hola, buenos días mi nene. ¿Dormiste bien? —preguntó con cierto retintín y echó a reír.

—Bueno, en realidad sí dormí muy a gusto junto a ti.

—Mentirosillo —respondió ella.

La actitud de la doctora lo confundía, pues los casi ya tres días que llevaban compartiendo juntos se lo habían pasado de juerga, descansando poco y bebiendo alcohol, sobre todo ella, quien no media su consumo y siempre terminaba intoxicada. Sin embargo, por alguna causa, la crisis del alcohol y las desveladas no parecían surtirle estragos a ella, como le sucedía a Lehabim Alí, así que optó mejor por cambiar de rumbo la conversación, dándole a conocer la idea que se le había ocurrido para esa noche. Pero Martha Alicia frunció el ceño en señal de extrañeza, advirtiéndole a él que no le agradaba para nada esa idea, y que, para su gusto, ella prefería salir, pues estaba acostumbrada a hacerlo casi a diario, excepto cuando tenía que quedarse a cubrir alguna guardia en el hospital. Y tomando su bolso y las llaves de su automóvil último modelo, sin más que decir, se despidió de él

—¡*Ciao* (hasta pronto), nene!

Lehabim Alí se incorporó de la cama para ducharse. Sumergido en sus pensamientos y con algo de disgusto por lo que Martha Alicia le había expresado, erróneamente se introdujo en una de las habitaciones que la Dra. ocupaba para diferentes usos, como ella se lo había hecho saber antes. De modo que al penetrar en ella quedó literalmente con la boca abierta.

Esa habitación era usada como una especie de laboratorio químico o tal vez un pequeño estudio científico. Había en ella un sinnúmero de cajas con medicamentos y regalos de los diversos laboratorios que los visitantes médicos suelen obsequiar a los médicos. En una de las esquinas se podía ver un esqueleto humano sostenido por una estructura metálica, totalmente armado y completo. También se observaban varios matraces Erlenmeyer o pipetas, no sé cómo llamarlas, en donde se encontraban sumergidos, al parecer en éter o alcohol, varios embriones de diferentes especies animales, y creo que hasta de la raza humana, aunque Lehabim Alí, al no tener ningún tipo de conocimientos médicos, jamás pudo asegurarlo. Aún más intrigado, husmeó en la siguiente habitación adjunta, que se encontraba totalmente alfombrada y lujosamente amueblada, donde la Dra. tenía instalado aparentemente un equipado consultorio. En éste había un hermoso escritorio de madera de caoba blanca y sobre este estupendo escritorio se destacaban un moderno computador, una sensacional impresora multifuncional láser, un tensiómetro, algunos estetoscopios, un estuche de pinzas quirúrgicas, varios aparatos y herramientas usadas por los médicos en diferentes cirugías, regados por toda la plataforma del escritorio, cientos de papeles, recetarios, revistas, propaganda de laboratorios, folders, etc. Contaba también con dos cómodas sillas forradas de piel de color negro frente al escritorio e, igualmente, un sillón eléctrico para masaje, una camilla para consultorio médico y tres enormes libreros —uno de ellos atrás del escritorio y los otros dos a cada lado—, los tres colmados con libros médicos, científicos y de no sé cuánto más.

—¡Guauuuu! —exclamó el teorizante Lehabim Alí, que había realizado una detallada e intensiva inspección de las dos habitaciones.

Salió de ellas sumergido en un sinfín de especulaciones sobre la personalidad de la Dra. para finalmente dirigirse al baño, en donde originalmente había estado su primer impulso al incorporarse del lecho.

Habían transcurrido otras tres horas más de esa mañana sin novedad. Después de una larga ducha con agua fría, que lo despabiló, y un desayuno consistente en café y cereal con frutas, rara combinación, pero no había más en el refrigerador ni en la despensa, optó por salir a caminar con Vicente, el enorme, torpe y amigable dogo propiedad de la Dra. a dar un largo paseo por las calles aledañas de ese barrio. La amabilidad de la gente de Reynosa se hacía sentir en cada rincón. Lehabim Alí pudo ver también los enormes parques industriales, característicos del paisaje tamaulipeco del norte, donde la población económicamente activa se entrega por completo a largas jornadas de trabajo en la industria maquiladora.

Ambos individuos extendieron su recorrido hasta llegar a una moderna plaza comercial, en donde se podía observar el afable ritmo de vida de sus habitantes. Nuestros amigos deambulaban tranquilamente por ahí cuando abruptamente fueron interceptados por un grupo de guardias de seguridad de la plaza, de donde amablemente fueron expulsados por no permitirse el acceso a dicho centro comercial acompañado de mascotas o similares, cosa que los puso en duda por no saber a cuál de ellos se referían. Hago notorio este comentario porque el vestuario de Lehabim Alí consistía en un pantalón de manta de color blanco (*thawb*), una chaqueta de algodón (*kirbs*) estampada con una combinación de colores marrón, dorado y azul, que pendía apenas cinco centímetros arriba de sus rodillas, los pies descalzos sin calcetas, sólo con huaraches, y un turbante o manto de beduino de algodón de color blanco que cubría su cabeza. Esto era totalmente lógico, ya que la mayoría de estas personas no estaban acostumbradas a ver este tipo de modas o vestuarios, y tampoco era muy común mirar un dogo tan enorme con características y talla de un onagro salvaje. Así que, cabizbajos y ofendidos por el trato discriminatorio del que habían sido objeto, no tuvieron más remedio que salir de allí y proseguir su andar hasta topar con un parque público, de los que existen en toda ciudad. Al parecer se trataba del ayuntamiento de Reynosa. La cuestión es que en ese lugar, Lehabim Alí y el torpe dogo pudieron juguetear libremente con una pelota que Lehabim Alí había adquirido en un puesto callejero.

Trataron de no causar daños, excepto cuando, por un instante, Vicente, en su loca carrera por alcanzar la pelota, se llevó de corbata a un ciclista que transitaba por allí. Afortunadamente, el hombre aquel, al mirar el tamaño de tan tremendo animal y no atisbar en la cercanía al supuesto propietario del dogo, sacudió el polvo de sus ropas, recogió algunas pertenencias que se habían esparcido sobre el suelo al momento del percance, y prefirió, sin más, montar nuevamente su ahora averiado vehículo a dos ruedas y proseguir su marcha a toda prisa. Lehabim Alí, que observaba toda esa acción desde una posición relativamente lejana, también hizo lo propio con un mutis, escondiéndose detrás de unos matorrales y un frondoso almez, conocido también como árbol blanco, tomando sus propias precauciones, puesto que, por algunas recomendaciones, ya le habían advertido que fuese cauteloso con los habitantes de esa región del país, pues, según se ha dicho, están catalogados como gente agresiva hacia los foráneos. Pero la realidad es que esta elucidación es únicamente mera figuración y nada tiene que ver con la realidad. Todo esto lo pudo comprobar más tarde al compartir con más personas de la localidad.

La tarde se aproximaba y Lehabim Alí asió, sobre el cuello del gran dogo, la gruesa y pesada cadena con la que solía ser conducido y "controlado" el andar del "perrazo". Así emprendieron el camino de regreso a casa.

La hora de comer había llegado y las tripas de ambos especímenes comenzaban a gruñir, exigiendo alimento. En realidad, de no haber sido por el olfato y el gran sentido de orientación del dogo, Lehabim Alí hubiera tenido que batallar mucho para encontrar el camino a casa. Independientemente de algunas paradas necesarias para que Vicente olfateara y fuese marcando su territorio, llegaron sin ningún otro contratiempo a casa. De inmediato, el dogo se dirigió hacia donde se ubicaba su bebedero, sentándose frente a éste para que Lehabim Alí le vertiera agua fresca en él, tal y como fue. Después de esto, el dogo se abalanzó sobre el bebedero, humedeciendo su diestra lengua, que usaba como una pala para ingerir el agua fresca con ansiedad. Acto seguido, el dogo se abalanzó sobre el comedero, en donde aún había una dotación más o menos importante de alimento para canes.

Lehabim Alí se introdujo en la casa y se echó sobre el cómodo sillón de la sala, y el dogo sobre el fresco piso del patio que rodeaba el jardín. Ambos estaban exhaustos por el largo recorrido y el caluroso y árido clima del día, de manera que Lehabim Alí, cerrando los ojos, se quedó dormido.

El timbre del aparato telefónico comenzó a repiquetear.

—¿Sí, diga? —balbuceó adormilado Lehabim Alí.

—Hola, "nene". Soy yo, Martha Alicia. Te comunico que hoy no llegaré a casa.

—¿No? ¿Por qué? ¿Puedo saberlo? —refutó con cierta sorpresa Lehabim Alí.

—Pues bien, nene, debo cubrir una guardia, así que tómate la noche libre. Nos veremos mañana por la tarde. ¡*Ciao*! —y colgó, sin dar más oportunidad de otra pregunta.

Lehabim Alí estuvo a punto de devolverle la llamada, pero su intuición le hizo detenerse. Tendría que confiar en ella y esperar. Así que tomó con calma las cosas y trató de distraerse buscando en la TV algún programa que lo mantuviera distraído de sus pensamientos. Así pasó parte de esa tarde.

El clima era caluroso. Lehabim Alí se metió a la ducha y salió de casa a pasear rumbo al centro de la ciudad. Antes ya le habían recomendado algunos sitios como "El Tajito", "Las Chalupas, "El Cabrito" y algunos otros restaurantes más en donde podría degustar los platillos típicos de la región. Así que se instaló en uno de estos restaurantes y miró los platillos ofrecidos en la carta, tales como: la deliciosa carne asada a las brasas, servida con guacamole y frijoles, acompañada con tortillas de harina; las ricas gorditas, exquisita tortilla frita rellena con guisados, especialmente de carne, aunque también las había de queso y vegetales, o el famoso cabrito asado, cabrito tierno que es asado a las brasas mientras es sazonado con jugo de limón y especias. ¡Mmmmmmh! Delicioso. Lehabim Alí no sabía con qué empezar.

Y bien, regresando a nuestra historia, Lehabim Alí pasó toda esa tarde-noche degustando los placeres del arte culinario y bebidas típicas de esa región del país. Y como la noche era suya, se encaminó para visitar algunos otros sitios interesantes de esa ciudad. Aunque se le había recomendado no caminar por calles o callejones desconocidos, sobre todo por la noche, hizo caso omiso a este exhorto y prosiguió en su andanza por las calles de aquella ciudad fronteriza de México. En caso de llegar a perderse, él tomó sus propias precauciones y cargó con un pequeño mapa que se había agenciado de la casa de la Dra. En el centro de la ciudad caminó entre los diferentes andadores comerciales, templo, museos, sitios históricos y modernas plazas, con una arquitectura que armonizaba apropiadamente con todas estas construcciones antiguas, hasta llegar a la calle Juárez, donde se topó con un majestuoso edificio. Se trataba de la catedral de Reynosa, un bello monumento de estilo neoclásico. Adjunto a la catedral estaba otro hermoso edificio, la Parroquia de Nuestra Señora de Guadalupe, reliquia que formaba parte de una antigua misión Franciscana construida en 1749. El paseo y el agradable clima de esa noche hicieron que el tiempo pasara con rapidez. Lehabim Alí miró su reloj y…

3:22 a.m. Jueves 22 de marzo de 2007.

En ese momento circulaba un taxi por ahí. Abordándolo, Lehabim Alí se dirigió de regreso a la casa de la Dra.

—Por favor lléveme a la calle Guadalajara, colonia R…

Al llegar a su destino se percató que dentro de la casa no había ninguna bombilla de luz eléctrica encendida, indicación de que la hermosa Dra. aún no llegaba. Entonces se introdujo abriendo la reja, pasando por el jardín y encontrándose con el gran dogo de casa, que al verlo movió su cola apenas, con cierto entusiasmo, pues el muy haragán prefirió seguir echado, disfrutando su descanso. Así que Lehabim Alí hizo lo propio.

11:30 a.m. Jueves 22 de marzo de 2007.

Con un suculento desayuno, Lehabim Alí recuperaba la desvelada de ese día. Casi terminando el desayuno, Vicente comenzó a dar fuertes ladridos y se escuchó que un auto se estacionaba en el garaje de la casa. Se trataba del Mini Cooper de la Dra. Pero, para su sorpresa, éste era conducido por un sujeto corpulento, calvo y muy mal encarado; vestía un traje de color beige, camisa azul sin corbata y zapatos blancos.

—¿Acaso será otro médico? —se preguntó Lehabim Alí observándolos desde el interior de la casa, a través de la cortinilla que cubría el ventanal de la sala, que coincidía precisamente con el jardín y la fachada frontal.

El susodicho sujeto salió del auto y acudió a la puerta contraria del piloto, de donde sacó prácticamente en hombros a la Dra., que visiblemente se notaba sumamente intoxicada. Con las llaves en una mano y cargando a la Dra., con la otra mano abrió la reja y penetró tranquilamente por el jardín. Pese a todo lo contrario que Lehabim Alí supuso, el dogo cesó sus ladridos y con movimientos agitados de su rabo hacía fiestas a aquel individuo desconocido por Lehabim Alí, así que pensó para sí mismo: «¿Será conveniente desaparecer de este sitio?». Pero ya era demasiado tarde para ello, pues en ese momento el grandulón penetró en la habitación, depositando con brusquedad a la Dra. sobre el *"loveseat"* de la sala.

Mientras que ella balbuceaba algo así como "cariño, no me dejes", Lehabim Alí, que observaba toda esa escena, quedó inmóvil, sosteniendo la taza con el café que bebía momentos antes. En ese instante, el grandulón dirigió su mirada a él y, sin más, se acercó extendiendo su manaza a Lehabim Alí, y con un tono fuertemente norteño le dijo:

—¿Quiubas, "bato"? Mucho gusto, me llamo Germán, pero puedes llamarme "Yanqui", así todos me dicen. Ya Martha me habló de ti; aquí te la traigo un poco quebrada, pero completa —soltó una ruidosa carcajada—. Bien, mi *"brother"*, me retiro porque hay que ir a trabajar. Ahí nos vemos dentro de un mes —salió riendo nuevamente.

4:45 p.m. Jueves 22 de marzo de 2007.

—Hola, hola, mi nene. ¿Cómo pasó su día libre sin su mami? —dijo sorpresivamente la Dra.

En ese momento, Lehabim Alí leía una de las muchas revistas médicas que había en casa.

—¡Oh! Sí, todo muy bien, gracias. Conocí la catedral, la Parroquia de Nuestra Señora de Guadalupe y algunos otros sitios interesantes de la ciudad. ¿Y tú qué tal? ¿Cómo lo pasaste?

La Dra. se incorporó en el *"loveseat"* donde había permanecido buena parte de ese día y, sin mediar palabra alguna, y aún dando algunos tumbos, subió por la escalera, dirigiéndose a la ducha. Pasaron poco más de dos horas aproximadamente cuando la Dra. se presentó de nueva cuenta en la sala, luciendo un nuevo vestuario, completamente sobria y como si nada extraordinario hubiese ocurrido esa mañana. Lehabim Alí quedó en espera de que la Dra. iniciara con algún comentario, pero no sucedió así, y fue él quien tuvo que tomar la iniciativa.

—¿Cómo te sientes? ¿Todo está bien? ¿Tienes algo que decirme?

—Sí, tienes razón. Creo que te debo una explicación —contestó Martha Alicia.

—Sabes, el "Yanqui", perdón, Germán, es mi "ex", pero él no es el papá de mis hijos. Terminamos nuestra relación porque ambos somos médicos y pocas veces coincidíamos en horarios; no teníamos tiempo para nosotros y decidimos separarnos, pero con una sola condición, que por lo menos tendríamos una cita al mes. Él volvió a casarse, tratando de evitarme, pero yo seguí buscándolo y así han pasado ya dos años con esta heterodoxa relación. Por cierto, el papá de mis hijos es un patán ranchero, si de algo te sirve saberlo.

Lehabim Alí guardó silencio por algunos minutos y por fin expresó:

—Caramba, Martha Alicia. No sabía, cuánto lo siento. Debe ser difícil estar en una situación como esta.

—Sí, lo sé —respondió la Dra.

—¿Puedo preguntarte algo? —repuso Lehabim Alí.

—Sí, adelante. Dime.

—¿Qué expectativas existen para la relación que comienza entre nosotros?

—No lo sé —respondió Martha Alicia—. La he pasado increíblemente, me siento muy bien contigo, pero creo que sería cuestión de tiempo. No estoy segura de si podría cambiar o dejar esta condición de vida que tengo. Perdona, necesito que me comprendas.

—Lo comprendo perfectamente —contestó Lehabim Alí—. Agradezco profundamente tu sinceridad, es lo mejor. Mereces ser feliz, al igual que yo. Creo que buscamos cosas distintas. Será mejor que el tiempo sea quien nos dé respuestas, así que me parece que debo irme.

—Creo que sí, eso será lo mejor para ambos —repuso la Dra. Martha Alicia.

CAPÍTULO III

De regreso a la isla

10:30 p.m. Viernes 23 de marzo de 2007.

Terminal de Autobuses ADO, Tecolutla, Ver. Una comitiva de 15 talibanes trabajadores del campamento "El Oasis del Talibán", mezclados entre otros 25 o 30 lugareños más, esperaban el arribo de su amigo Lehabim Alí, el "Gran Marajá", para darle la bienvenida e, independientemente a esto, de igual modo, como los demás que ahí se encontraban, esperaban el descenso de turistas que llegaban cada fin de semana a disfrutar de los atractivos de la "isla", ofreciendo los mejores servicios en hospedaje, alimentos, paseos, fogatas, lunadas en la playa y un sinnúmero de actividades más.

El hermano Mora fue el primero en saludar a Lehabim Alí, después siguió el hermano Gallina, luego lo hizo el hermano Lobo, seguido de éste, el hermano Osito, y así cada uno de ellos.

Mientras se encaminaban rumbo al negocio de Lehabim Alí, la hermana Malú, "la Kika" y el hermano Nazareno preparaban una sabrosa cena de bienvenida para su jefe, "El Marajá", como era conocido Lehabim Alí entre ellos. La cena consistía de riquísimas piezas frescas de un pez conocido como huachinango y que, a la talla o zarandeado a las brasas, es exquisito. El pescado era acompañado por frijoles negros de la olla, caldo de camarón, delicioso café caliente de grano, y, naturalmente, algunas rejillas de cervezas para todos los amigos. Así pasó esa noche, donde todos disfrutaron de la cena, bailando y bebiendo hasta quedar bien merluzos de felicidad.

7:30 a.m. Sábado 24 de marzo de 2007.

La luz del Sol comenzó a filtrarse a través de la fina tela de la cortina que cubría la ventana de la habitación de Lehabim Alí, haciendo que prácticamente saltara de la cama para ducharse y vestirse con una cómoda bermuda en tono claro, camisola blanca de manga corta y huaraches, sin faltar el turbante, que siempre le cubría la cabeza de los fuertes rayos solares. En seguida se dirigió a la cocina, en donde ya se encontraba, desde muy temprano, la hermana Malú con el hermano Nazareno haciendo los preparativos necesarios de los alimentos para los desayunos a la venta y los propios.

Como se mencionó antes, por lo general, todos los fines de semana, comenzando desde el viernes por la noche, llegaba turismo de distintos puntos del territorio nacional, y en ocasiones hasta turismo internacional buscando alojamiento, típica gastronomía, diversión, esparcimiento y todo tipo de aventuras en la "isla", como la llamaban cariñosamente Lehabim Alí y su equipo. En El Oasis del Talibán se ofrecían muchos de estos servicios y actividades, dando paseos en "banana" por el río y los manglares, visitas al campamento tortuguero "Vida Milenaria" y a las zonas arqueológicas del Tajín, se hacían fogatas, se tocaba música, se bailaba en la playa a la luz de la Luna, se organizaban espectáculos nocturnos multicolores con los voladores de Papantla a la orilla del río, se contaba con hospedaje en tiendas de campaña, etc. Toda una aventura.

4:30 p.m. Sábado 24 de marzo de 2007.

Habiendo dejado todo en orden en el negocio, Lehabim Alí pidió al hermano Mora que concentrara a todos los "talibanes" en el campamento y acelerara los preparativos porque esa noche saldrían a pescar, tomando en cuenta que si algún lebranche fuese capturado, la orden era devolverlo de inmediato a las aguas, puesto que entre febrero y marzo es cuando este pez se reproduce y se le considera en veda para su protección.

Por fin todo quedó listo. Eran las 7:45 p.m. de aquel apacible día cuando Lehabim Alí y su grupo, abordando la lancha motora, tomaron rumbo mar adentro en la oscuridad de la noche…

CAPÍTULO IV

Noche de tiburones... ¿y dónde quedó la gallina?

10:05 p.m. Sábado 24 de marzo de 2007.

La oscuridad de la noche en ese mar tranquilo era casi impenetrable, de no ser por los exiguos destellos de luz de una Luna que se encontraba en su fase de cuarto menguante. La profundidad en ese sitio era aproximadamente de cuatro a seis metros, con algunos alfaques de hasta 12 metros. Las corrientes de agua eran más o menos fuertes, pero la experiencia, el entusiasmo y la destreza en buceo y nado de nuestros amigos se combinaron, sin darse cuenta de que habían caído en un exceso de confianza que podría ponerlos en aprietos.

El método de pesca que utilizaban consistía en tirar anzuelos con carnada a base de trozos de pescado o de cangrejo, para pescar piezas grandes de huachinango, mojarra, peto y otros peces, con peso aproximado de tres a cinco kilos, jalando el sedal con la fuerza de sus manos y brazos. También contaban con un par de redes que pendían en ambos costados del bote, haciendo la labor de arrastrar en su paso pececillos de menor tamaño, y como escalerilla para trepar a la nave en caso de urgencias.

3:42 a.m. Domingo 25 de marzo de 2007.

La suerte estaba echada de su lado en esos momentos, pues ya habían capturado más de medio centenar de peces de muy buen talle. El jolgorio entre ellos estaba en su plenitud, los anzuelos iban y venían de un lado a otro, y los nadadores saltaban una y otra vez de la lancha motora al agua, yendo y viniendo a diestra y siniestra con las piezas capturadas.

Repentinamente, entre el bullicio, apenas se alcanzó a percibir un grito de dolor, y otro, y otro más seguido de los anteriores. El alboroto fue cesando y se miraban unos a otros preguntándose qué sucedía. Habían guardado silencio, un silencio que sólo era irrumpido por el oleaje del mar y el chirriar de las amarras de la pequeña embarcación; en eso, un grito más pedía auxilio.

—Ayúdenme, por favor. Estoy herido, me enganché con un anzuelo. Estoy atorado en la proa.

Rápidamente dos de ellos, el Lobo y el Conejo, se lanzaron hacia la proa, de donde provenían los gritos, para auxiliar a su amigo. Descubrieron entonces que se trataba del Oso, al que encontraron sostenido del cabo del anclote, con el rostro desencajado por el dolor. El anzuelo de 05 centímetros se le había incrustado y trabado, penetrando la carne de la base del tríceps del brazo derecho, muy cerca de la axila, causando un dolor espantoso y haciéndole sangrar a borbollones. Los muchachos trataban, en vano, de jalarlo e izarlo hasta la seguridad de la embarcación, pero notaron que cuando ellos jalaban, la tensión del sedal aumentaba. ¡Y cómo no! Pues era jalado simultáneamente por el lado contrario por otro de los pescadores que, pensando que había capturado una pieza más, por ningún motivo la dejaría escapar.

Lehabim Alí, que ya se encontraba a bordo, tomó uno de los cuchillos utilizados para descamar peces y cortó el sedal, creyendo haber liberado al herido, que estaba a punto de perder el conocimiento por la hemorragia que sufría, de tal forma que cuando trataron nuevamente de subirlo a la motora, no se percataron que una de sus extremidades inferiores se encontraba atrapada en una de las redes que pendían a cada costado de la nave. Y para colmo de males, el Oso ya había perdido el conocimiento, haciendo que su cuerpo inerte se hiciese más pesado, dificultando su izamiento al bote. El olor de la carnada y de la sangre vertida en el agua atrajo la atención de docenas de escualos que pasaban muy cercanos al herido y los pescadores que se encontraban dentro de las aguas realizando el rescate. Lehabim Alí entró por la proa al agua llevando consigo el cuchillo que antes utilizó para cortar el sedal, con el propósito de hacer lo mismo, cortando la red enredada que atrapaba la pierna de su amigo el Oso. Acto seguido, la Gallina saltó por estribor al agua inmediatamente atrás de él, llevando en mano otro cuchillo similar y con igual propósito, sólo que nadie lo vio. Ahora la buena suerte había cambiado, dando un giro de 180 grados.

Los tiburones aumentaban en número, mordisqueándose unos con otros y pasando tan cerca de los pescadores que podían sentir en sus cuerpos el golpe o empujón de agua que estos producían al pasar nadando a toda velocidad junto a ellos, y, en ocasiones, hasta sentían el roce de su áspera piel y aletas, poniendo en riesgo su propia integridad física. Lehabim Alí cortó el último cordel que sujetaba la pierna del desmayado, dando la señal al hermano Morita para que izaran de inmediato al desplomado Oso y tanto él como los demás hombres que se encontraban dentro de las aguas abordaran la motora.

La premura era tal por ver cómo el Oso no paraba de sangrar, y por cada minuto que pasaba se iba poniendo más frío. En la superficie se podía distinguir, con la ayuda de la luz de las lámparas marinas en la superficie del agua, el aparente burbujear de una olla con frijoles hirviendo por la gran cantidad de tiburones que se habían concentrado ahí, y por debajo, en la quilla, se escuchaba el golpeteo de sus cuerpos al chocar con la embarcación. Así que, sin más palabras que mediar, arrancaron el motor y se dieron a la marcha velozmente.

Habían pasado algunos minutos de recorrido, quizás tres, cuatro o tal vez cinco, cuando uno de los pescadores repuso:

—¿Y dónde quedó la Gallina?

CAPÍTULO V

El hermano morita toma el control

4:55 a.m. Domingo 25 de marzo de 2007.

El párpado de cada uno de los pescadores se abrió tanto que el color blanco de los globos oculares se podía distinguir perfectamente en esa oscuridad.

—¡Oh!... Pero ¿qué hemos hecho? —dijo el hermano Morita.

—Tranquilo, hermano. Lo primero que tenemos que hacer es guardar la calma y organizarnos —le contestó Lehabim Alí—. Hermano Mora, tome el control y con el GPS ubíquese en la última lectura del punto en que estuvimos situados y regresemos allá.

De inmediato, Mora hizo operar el aparato. Siguiendo las coordenadas lograron, con algunas dificultades, posicionarse en el sitio correcto. El lugar aún se encontraba plagado de tiburones. Dirigiendo las luces de las lámparas de la motora en todas direcciones trataban, con ansiedad, de localizar al amigo Gallina. Entonces comenzaron a moverse en círculos, aumentando el radio con cada vuelta que daban, pero sin tener éxito.

5:30 a.m. El crepúsculo había dado inicio, cediendo la oscuridad y dando paso a la claridad de la nueva mañana. El banco de escualos se había dispersado, quedando tan sólo unos cuantos. Todos los pescadores yacían extenuados y con el ánimo abajo, al punto de las lágrimas, el hermano Mora, el Conejo, el Felino y el Mantarraya, en un último intento desesperado por localizar al amigo Gallina, se tiraron nuevamente al agua en su afán de búsqueda, volviendo a fracasar.

Lehabim Alí, a bordo del bote con los demás, vigilaba la evolución y comportamiento del Oso. La fiebre había cedido un poco por el analgésico que horas antes se le había administrado del botiquín de urgencias. También se le asistió con los primeros auxilios, aplicando un torniquete para detener temporalmente la hemorragia, y debía ser vigilado, aflojando y volviendo a apretar el torniquete, mínimamente cada 15 o 20 minutos. El anzuelo continuaba clavado en el brazo del Oso, por lo que no tuvieron más opción que dejarlo ahí, pues, al parecer, éste estaba alojado en una vena importante del brazo.

Transcurrieron más de cuatro horas desde el momento en que se produjo el accidente, de manera que se hacía considerablemente urgente trasladar al herido a un hospital. Así que Lehabim Alí le pidió a Mora y a los que aún buscaban al hermano Gallina en las aguas que ya era hora de abordar, puesto que no había nada más que hacer por el momento.

Estando toda la tripulación a bordo de la pequeña embarcación, con lágrimas en los ojos, rindieron, con unas muy sentidas palabras, un profundo y enfático homenaje a la valentía y lealtad demostrada por su inolvidable amigo, la Gallina.

7:00 a.m. Domingo 25 de marzo de 2007.

El motor de la lancha rugió, apuntando su nariz con rumbo suroeste, poniéndose a toda marcha. Todos los pescadores guardaban silencio, nadie deseaba hablar; ni siquiera la exitosa pesca de la noche anterior les hacía sentir mejor ni la comentaban. De pronto, Lehabim Alí, que velaba las condiciones del herido Oso, haciendo las veces de enfermero, apretando y aflojando el torniquete, creyó escuchar un susurro. Asumió que se trataba del Oso que se quejaba, mascullando entre dientes algo que no lograba entender. Tal vez era ya hora de darle otro sedante. Sin embargo, al acercarse a él para tratar de comprender lo que decía, pudo advertir que no era el Oso el que producía ese sonido porque permanecía profundamente dormido por el sedante. Entonces escuchó un segundo susurro, incorporándose en seguida de la posición en cuclillas que guardaba. Comenzó a otear a toda la tripulación, pero todos continuaban descorazonados y en silencio.

—¡Hermano Mora, pare el motor! ¡Pare el motor! —dijo Lehabim Alí gritando intempestivamente a su asistente—. ¡Hermano Mooooora! ¡Que pare el motor de inmediatooooo! —repitió Lehabim Alí mientras señalaba con el dedo en dirección a babor de la lancha.

Sin poder decir nada más, todos quedaron atónitos con lo que estaban viendo. Algunos se tallaban los ojos como tratando de afinar la mirada. A escasos 100 metros aproximadamente se percibía una pequeña boya fluorescente de un chirriante color verde. Gimoteando y aferrándose a ésta con un brazo, y con el otro haciendo señas y a la vez tirando con todas sus fuerzas del cordel de la campanilla de alarma, se asomaba una cabeza de pelo crespo color rojizo y una tez prieta de color ladrillo quemado. Increíblemente, se trataba de la Gallina. El júbilo no se hizo esperar y todos, quiero decir, casi todos, a excepción de Lehabim Alí, el hermano Mora y el Guanajo, que asistían al herido, se tiraron al mar para rescatar a su amigo. El azar, la fuerza de voluntad, el sentido de orientación y el instinto de supervivencia habían sido factores de gran importancia para que la Gallina hubiese logrado llegar a nado hasta ese punto y sobrevivir ante tales circunstancias.

El hermano Mora navegó a toda prisa, llevando a todos felizmente a tierra firme. El Oso y la Gallina fueron atendidos en un hospital de Gutiérrez Zamora en donde felizmente se recuperaron de sus lesiones. El hermano Mora logró cumplir su misión al tomar el control.

La Gallina reveló meses más tarde a Lehabim Alí y amigos que cuando él cortaba los hilos de la red que atrapaban el pie del Oso con el cuchillo, quedó muy agotado, pues contuvo la respiración más de lo soportable para lograr liberarlo. Tal y como fue, solamente vio cómo el Oso era izado a bordo, de modo que, ya sin fuerzas, sintió que se desmayaba, asiéndose fuertemente a la red para descansar, recuperar las fuerzas y, posteriormente, trepar a bordo de la lancha; solamente que esa parte de la red también había sido cortada, por eso fue que al arrancar la lancha se quedó varado en ese lugar sin que nadie lo viera. Lo mejor de todo es que se le ocurrió tirarse con la boya de salvamento.

CAPÍTULO VI

Los aerobics

8:30 p.m. Viernes 6 de abril de 2007.

Después de dos semanas del incidente en altamar, Lehabim Alí y su asistente, el hermano Morita, se aplicaron a reorganizar todos aquellos asuntos que habían quedado rezagados después de su viaje a Reynosa.

La oficina siempre permanecía abierta, excepto cuando Lehabim Alí o el hermano Morita salían de ella. Se encontraban elaborando un arqueo completo del negocio checando ingresos, pago a empleados, impuestos, servicios y mirando cotizaciones de proyectos a realizar en El Oasis del Talibán y asuntos varios cuando, de pronto, apareció por la puerta una mujer joven de aproximadamente 32 años buscando al encargado o propietario del lugar.

—Sí, diga usted, yo soy el encargado. ¿Qué es lo que desea? —dijo el hermano Morita.

La joven mujer le sonrió amablemente y le tendió la mano en señal de saludo, presentándose.

—Mi nombre es Martha Portillo, soy instructora de aerobics y deseo saber si usted se interesa por mis servicios para impartirlos aquí en su negocio. ¿Señooor…?

—Mora, ¡Charles Mora! Para servirle, señorita Portillo —contestó amablemente el hermano Morita, igualmente tendiéndole la mano.

Instantes seguidos a esta presentación, el hermano Mora replicó:

—Permítame presentarle a mi jefe.

Lehabim Alí se levantó de su silla y estrechó la delicada mano de esa mujer.

—Tanto gusto, señorita. Hágame el favor de sentarse y dígame algo más sobre usted.

—¡Claro que sí! Dígame, ¿qué quiere usted saber, señor Alí? —contestó ella.

—Bueno, me gustaría saber qué experiencia tiene usted, señorita, y cuál es su disposición en horarios, básicamente.

—Mire, dada mi experiencia le puedo asegurar que los mejores horarios para impartir esta disciplina son de 6:00 a 11:00 a.m. y de 5:00 a 10:00 p.m., con práctica de una hora por sesión todos los días.

—¿Todos los días? ¿Y su descanso, señorita?

—Ja, ja, ja… Tiene usted razón. Básicamente tendría que ser en lunes; normalmente la gente no desea hacer nada ese día, ja, ja, ja, ja.

Ambos sonrieron abiertamente, incluyendo al hermano Mora, que escuchaba con toda puntualidad la entrevista.

—Bueno, señorita Portillo, precisamente mi asistente y yo nos encontramos haciendo el balance de nuestras finanzas. La tomo en consideración, pero le suplico que me otorgue unos días para…

En ese instante irrumpió el hermano Mora diciendo:

—Jefe… Hermano… ¡Marajá! No existe ningún problema, me parece que es una innovación muy redituable para el negocio. Creo que no debería ni de pensarlo y contratar a Martha de inmediato, perdón, quise decir a la señorita Portillo.

—¿Aja? Señorita Portillo, siendo así como expresa mi asistente, el señor Charles Mora, sea usted bienvenida a esta confraternidad, comenzando a prestar sus servicios desde mañana mismo. «¿Qué estará urdiendo este grandísimo cabrón Morette?», se preguntaba Lehabim Alí.

La señorita Portillo se levantó de su asiento, agradeciendo las atenciones recibidas por ese par de excitados sujetos, despidiéndose de ellos con un ligero abrazo y un besito en la mejilla. Dio la media vuelta y se dirigió hacia la puerta de acceso y salida de la oficina, quedando de espaldas, mostrando todos sus atributos. Ambos varones quedaron mudos admirando su esbelta y bien formada figura; poco más de tres minutos mantuvieron su atención observando el vaivén de sus frondosas y voluminosas nalgas y su rítmico andar, hasta que desapareció de su vista al doblar la esquina. Reaccionando, Lehabim Alí se dirigió a su asistente:

—Mora, ¿por qué o cuál es el motivo de haber aceptado a Martha, quise decir, a la señorita Portillo, sin previo examen o investigación?

—¿Qué examen, Marajá? Si nada más hay que ver lo que tiene, ja, ja, ja.

Ambos lujuriosos amigos soltaron una sonora carcajada.

—Entonces, hermano Mora, tendrás que hacerte cargo de ella.

—Naturalmente, mi Marajá. Sus deseos son órdenes.

6:10 a.m. Sábado 7 de abril de 2007.

—Uno, dos, tres y cuatro, y uno, dos, tres y cuatro. Repetimos al otro lado, uno, dos, tres, y cuatro…

La atractiva instructora de aerobics ya se encontraba frente a un nutrido grupo de practicantes, iniciando su primer día de trabajo y su primera clase de la mañana en El Oasis del Talibán. Entre los alumnos estaba, en primerísima fila, ni más ni menos que el asistente Charles Mora. Allí también se encontraban la hermana Malú, el Milparientes, la Kika, el hermano Evaristo, el hermano Solím, el hermano Nazareno y alguna que otra distinguida señora y un caballero, pobladores de aquella comunidad de pescadores que cargaban con un número excesivo de kilos sobre su humanidad. Sólo faltaba Lehabim Alí, que apenas comenzaba a abrir los ojos esa mañana.

La actitud y entusiasmo de la chica, y el sonido de la música que salía por las bocinas para darle sazón y ritmo a los ejercicios de aeróbics, llamaron la atención de algunos lugareños que iniciaban desde muy temprano sus actividades, causando curiosidad y logrando que muchos de estos se acercarán a investigar de qué se trataba tal alboroto; encargándose el hermano Mora de darles la bienvenida e invitándoles a participar en su primera clase en cualquiera de sus horarios, ya fuera matutino o vespertino, completamente gratis. Por otro lado, el hermano Osito, recuperado ya totalmente de sus averías físicas, aprovechaba esa oportunidad para ofrecer su "amplia" gama de masajes, desde los holísticos, los relajantes, los quiroprácticos, los deductivos, el *deep tissue*, y otros más, a los agitados "deportistas". Y siempre corría con muy buena surte, pues no faltaba quien quisiera recibir alguno de estos "placenteros" masajes.

Al término de cada sesión impartida por la instructora Martha Portillo, el hermano Osito atendía varios casos y según fuesen las características del paciente, el tiempo, tipo y método de masaje se aplicaría distinto a cada persona, quiero decir, a cada "incrédulo paciente", ya que si se tratase de pacientes hombres o de mujeres viejas y gordas, no usaba la camilla, pretextando para unos la reducida longitud de la camilla y para las otras, su fragilidad para soportar determinado número de peso en kilos. Acto seguido, tendía una sábana percudida de color "blanco" sobre el piso de arena y el tratamiento se ejercía de manera muy superficial y con un tiempo limitado, de escasos 25 minutos. Para fortuna del hermano Osito, la mayoría de su clientela radicaba principalmente en las féminas, pero cuando se trataba de dar el servicio de masajeo a lindas turistas y jóvenes chicas, que se desbordaban en cientos de hermosas curvas, y que, coloquialmente sea dicho, se caían de lo buenísimas y frondosas que se encontraban físicamente, entonces las cosas cambiaban radicalmente. Era entonces cuando el hermano Osito sacaba ventaja de las circunstancias y tipo de servicios que aplicaba; de tal suerte que, apoyándose en el aspecto meramente fisiológico y terapéutico de los masajes, mañosamente, en su desesperada morbosidad, con la destreza y el arte de un esgrimista y una disfrazada discrecionalidad, les arrimaba el pene entre las nalgas y manoseaba sagazmente las partes más íntimas de sus incrédulas "victimas". No sé si realmente las susodichas pacientes se percataban del abuso físico o si tal vez lo gozaban de forma igualmente discreta, íntima o muy personal, quedando plenamente satisfechas por el "profesionalismo" y garantías del servicio recibido, aunque hubo también novios y maridos celosos que le pegaron severas chingas por pasarse de gandaya. También se le llegaron a colar en muchas ocasiones varios homosexuales para obtener el mismo trato y servicios que las damas recibían.

Lehabim Alí observó todo este revuelo, quedando satisfecho porque sabía perfectamente que, de un modo u otro, todo este devenir de eventos, el movimiento de personas entrando y saliendo del campamento, continuarían llamando la atención de propios, extraños y de toda clase de turistas que visitaban constantemente la "isla".

—Hermano Mora —dijo Lehabim Alí—, hágame usted el favor de acompañarme. Quiero hablar contigo.

El hermano Mora siguió a su jefe hasta la oficina.

—Dime, jefe. Marajá, ¿para qué soy bueno?

—Mora, tu desempeño como asistente no ha sido malo, pero ahora me sorprendes. Creo que Martha Portillo te ha reactivado y, además, te ha clavado a profundidad su anzuelo. ¿O estoy equivocado? Ja, ja, ja…

—Jefe, Marajá, tienes razón —dijo Mora—. Creo que esta vez sí me estoy clavando en serio.

10:40 p.m. Sábado 7 de abril de 2007.

La instructora de aerobics, la señorita Martha Portillo, concluyó su día laboral despidiéndose con una amplia sonrisa de Lehabim Alí y el hermano Mora, quienes una vez más quedaron boquiabiertos sin dejar de "quitarle el ojo", gozando nuevamente la formidable exhibición que ofrecía lo voluminoso de sus nalgas.

—¡Guauuu! Hermano Mora, ahora sí que entiendo por qué estás tan clavado. Deseo que ella te corresponda.

—Que tus deseos sean de profeta, oh gran Marajá —declaró el hermano Mora

—¡*Ashala* (así sea)! —contestó Lehabim Alí.

Ambos rieron desparpajadamente y se despidieron para retirarse a descansar cada quien en su habitación.

7:00 a.m. Viernes 1 de junio de 2007.

El tiempo había transcurrido rápidamente y la relación entre la señorita Portillo, instructora de aerobics, que pasó a ser la "hermana Martha", y el asistente hermano Mora se acrecentó, convirtiéndose en algo mayor; de tal modo que Lehabim Alí no tuvo más remedio que sólo tratar con su asistente y amigo asuntos relacionados al negocio, ya que cualquier tiempo del que disponía el hermano Mora lo dedicaba a su amada instructora de aerobics.

Lehabim Alí, comprendiendo perfectamente bien la situación, optó por comenzar a acudir en solitario al café de "Mingo", pasando ahí largos ratos que le servían de distracción y, de paso, para reorganizar parte de las actividades a realizar al día siguiente en su negocio, El Oasis del Talibán. El café era atendido personalmente por su propietario, el señor Domingo Puchekas, y su bella y joven sobrina, Yolanda, "la Yolis", que con frecuencia atendía a Lehabim Alí por ser la única empleada de ese establecimiento.

CAPÍTULO VII

Mingo mío... tío, mi tío

9:30 p.m. Sábado 30 de junio de 2007.

Lehabim Alí pasó de ser solamente un cliente a ser el amigo de la Yolis. Relativamente en corto tiempo plasmaron una buena relación de amistad entre ellos. Mingo, el tío de la Yolis, se sentaba a conversar con Lehabim Alí, contándole a éste todas las virtudes y atributos de la Yolis; le contaba de todas sus posesiones en propiedades que había heredado de sus padres y argumentaba también que, aunque Yolanda era una mujer joven de 28 años y madre de una de una niña de 10 años, ella podía ser una buena esposa. "Mingo", siendo unos años más joven que Lehabim Alí comenzó a llamarlo cariño-samente "sobrino mío", pues daba por hecho que su sobrina, la Yolis, de 28 años, y Lehabim Alí, de 52, tomarían las arras del matrimonio. Lehabim Alí, por no contrariar al ilusionado tío, le siguió el juego, pensando en que todo ese acomodo era mera suposición de él, ya que la Yolis ni enterada estaba del asunto. Así que, sin darle importancia, comenzó también a llamar cariñosamente a Mingo como: "Mingo mío... Tío, mi tío", desconociendo que la Yolis era quien había enviado a su tío como portador de su propia voz.

Lehabim Alí pidió a la Yolis que le ayudara a poner en orden ciertos documentos de su negocio, El Oasis del Talibán, puesto que su asistente, el hermano Morita, y Martha, su novia, se habían tomado unos días libres antes de las vacaciones de verano que estaban próximas. Yolanda, sin pensarlo dos veces, acudió en auxilio de su amigo Lehabim Alí, llegando puntual a la cita que establecieron en su oficina. Ambos se pusieron a trabajar, ordenando documentos sin fijarse que ya era muy tarde.

1:30 a.m. Domingo 1 de julio de 2007.

Lehabim Alí, al percatarse de la hora que era, sugirió:

—Yolis, por favor deja todo, mañana continuamos. Te llevaré a casa.

—¡Eh! ¿Cómo dices, Lehabim Alí? Pero es que no hace falta, mi niña está con mi tía. Yo se la dejé encargada para venir a ayudarte. Como verás, me quedaré esta noche contigo.

—¿Y qué es lo que pasará, Yolis?

—Lo que tiene que pasar entre nosotros... mi amor.

—¡Quéééé! Pero es que yo no… no puedo aceptar esto, mi Yolis.

—No me digas que eres "choto" o tienes problema con las mujeres. Ja, ja, ja.

—¡No! Cómo crees… Nada de eso, es que eres demasiado bella y joven y me siento un poco confundido. No sé qué hacer.

—Quítate la ropa, Lehabim Alí, y apaga la luz. Yo te enseñaré qué hacer.

8:35 a.m. Domingo 1 de julio de 2007.

Cierto es que Lehabim Alí precisaba de la compañía de una mujer, el "inconveniente" que advertía es que Yolanda era demasiado joven para él. Esa noche fue irresistible rechazar aquella invitación de la bella joven. Una vez más, Lehabim Alí se recriminaba la falta de voluntad en ese tipo de situaciones, no teniendo el valor para rehusarse firmemente.

Lehabim Alí consideraba que al dar una negativa a la joven mujer, ésta podría pensar que él la rechazaba por ser mulata, por ser madre soltera o tal vez por el pequeño defecto físico imperceptible que ella poseía en su oreja derecha, que, por cierto, Lehabim Alí ya lo había detectado. Lo que menos quería era ofender o lastimar a la bella Yolis, y se preguntaba qué debía hacer para resolver satisfactoriamente la situación. Entre estas cavilaciones estaba cuando escuchó la voz fuerte de la Yolis.

—Hola, buen día, señor. ¿Cómo amaneció? —dijo riendo pícaramente—. Ji, ji, ji.

—¡Eh! Yolis, buenos días. Bien, bien, amanecí muy bien, gracias —respondió Lehabim Alí casi titubeando.

Él quería manifestarle que no se sentía orgulloso por lo que había pasado esa noche entre ellos, que lo sucedido no estaba bien, y no por ella, sino, más bien, por él. Se recriminaba el hecho de no haber tenido el valor de decírselo, así que ambos salieron de la habitación partiendo hacia la casa de la Yolis, dejándola ahí, y Lehabim Alí regresó al campamento.

2:30 p.m. Domingo 1 de julio de 2007.

Lehabim Alí comía en el comedor del campamento El Oasis del Talibán con todos los amigos y trabajadores, absorto en sus pensamientos, cuando fue interrumpido por su asistente, el hermano Mora.

—Marajá, jefe… ¿No tienes nada que contarnos?

Todos los que estaban en la mesa sonrieron maliciosamente.

—¿Contarles qué, hermano Mora? —respondió Lehabim Alí con cierta molestia.

A partir de ese momento y esa respuesta, nadie se atrevió a cursar palabra, como iban terminando de comer se levantaban, retirándose del comedor. También así lo hizo Lehabim Alí para retirarse a su oficina a concluir el trabajo que había quedado pendiente la noche anterior, y pidió a su asistente no ser molestado por nadie; eso también lo incluía a él y a la Yolis. Solamente respondería si se tratase de alguna urgencia. Lehabim Alí cerró la puerta de la oficina.

9:25 p.m. Domingo 1 de julio de 2007.

Transcurrieron las horas y Lehabim Alí permanecía sin salir de la oficina, ni siquiera salió a tomar su ya acostumbrado café al restaurante de Mingo. Ante tal situación, el hermano Mora quedó preocupado del extraño comportamiento de su jefe, así que, arriesgándose a ser maltratado o mal recibido por su jefe, el Marajá, dio unos golpecillos a la puerta y sin esperar respuesta de recibimiento entró a la oficina diciendo:

—Hola, Marajá. ¿Ya terminas con todo este alboroto?

—Casi. Estoy por concluir, hermano Mora.

—Ah, órale, es por eso que nos extrañó no verte en la cena…, jefe.

—Sí, efectivamente. Tú sabes, hermano Mora, que las vacaciones comienzan este jueves próximo. Debemos terminar a tiempo este balance pasado e iniciar el siguiente en las vacaciones.

—De acuerdo, jefe.

Unos minutos de silencio transcurrieron y Mora volvió a cargar con la plática.

—Jefe, somos amigos; te conozco, sé que algo te ocurre. ¿Por qué no me lo cuentas?

Pasaron algunos instantes más de silencio y Lehabim Alí dijo:

—Está bien, hermano Mora, te diré: una vez más cometo la tontería de involucrarme en donde menos debo hacerlo.

—¿Cómo? ¿Por qué lo dices, jefe?

—¡Pues, hombre! La Yolis quéééé… —Lehabim Alí no sabía cómo decirlo.

—Nada más suéltalo, jefe —repuso Mora.

—¿Cómo le digo a la Yolis que no quiero comprometerme con ella sin lastimarla? —Mmmmm... Difícil, hermano Marajá, pero no imposible.

—Hermano Mora, no estoy jugando.

—Marajá, sencillamente dile que eres casado y que tu esposa está en…. ¡El extranjero!

—¿Quéééé? ¿Y de dónde consigo yo una esposa extranjera, hermano Mora? ¿Acaso podría ser su tía Juanita, que llegó hace casi 100 años de África? Ja, ja, ja, ja.

—¡¡¡Ni lo mande Dios, gran Marajá!!!

Ambos nuevamente echaron a reír a carcajadas. La tensión había cedido.

—Se me ocurre una nueva idea, Marajá —dijo el hermano Mora.

—Pues bien, te escucho.

El hermano Mora, que prácticamente se encontraba echado sobre uno de los sillones de la oficina, se incorporó, dirigiéndose al computador de su jefe, y le expuso lo siguiente:

—En esta maquinita encontrarás lo que necesitas, jefe. Esto funciona como la "lámpara maravillosa de Aladino".

—Hermano Mora, quiero decirle que esto ya lo intenté antes y no me convenció.

—Marajá, nada te quita probar otra vez —Mora argumentó.

—De acuerdo lo volveré a intentar.

9:45 p.m. Miércoles 4 de julio de 2007.

Por tercer día consecutivo, la puerta de la oficina de El Oasis del Talibán se encontraba cerrada. Allí adentro permanecía Lehabim Alí, entretenido con su computador, solamente despachaba asuntos desde la ventana o en el jardín de descanso de la oficina, y con la salvedad de ser extraordinariamente urgentes, pues no deseaba que nadie se enterara de lo que hacía; ni siquiera su asistente, el hermano Mora, debía saberlo. Escudriñaba en internet algunas páginas de las diferentes redes sociales para encontrar algo que le permitiera lograr sus propósitos, localizando a la posible interfecta sugerida por el hermano Mora.

CAPÍTULO VIII

Vacaciones, procópulo y circunspecto

2:30 a.m. Jueves 5 de julio de 2007.

Las vacaciones de verano iniciaban al día siguiente. Lehabim Alí había dejado en manos del hermano Mora y su novia, Martha Portillo, todos los preparativos del negocio, encontrándose estos ya listos para recibir al turismo, que comenzaría a llegar a partir del inicio de esa mañana. Además, esto le había servido a Lehabim Alí porque de ese modo pudo evadir sutilmente a la Yolis, que lo buscó insistentemente día y noche durante todos esos días.

Lehabim Alí envió algunas invitaciones y solicitudes de amistad a algunas de las señoras que aparecían en una de las tantas páginas de las redes sociales que existen en internet, seleccionando siempre mujeres maduras con la característica, preferiblemente, de no poseer ningún tipo de adicción al tabaco, alcohol o cualquier otro tipo de vicio. Además, debía tener altos valores y ciertos niveles culturales y académicos, naturalmente, sin descartar los atributos físicos, que forman parte importante e ineludible para el embauque de toda aquella persona que desee coexistir en pareja.

Para su desgracia, o tal vez para su fortuna, Lehabim Alí tuvo la necesidad de suspender aquella desesperada búsqueda en la que por largos ratos, y en ocasiones hasta días enteros, invertía en este asunto de encontrar a una supuesta esposa. Tenía el tiempo encima y, aunque confiaba mucho en la capacidad de su asistente, el hermano Mora, sabía que no podía dejarle todo ese paquete, puesto que podría resultarle demasiado contraproducente para sus propios intereses por no poner atención en su negocio, así que se dijo: "Lo primero es el deber". Y poniendo manos a la obra se dispuso a poner en orden y en condiciones inmejorables las instalaciones del campamento El Oasis del Talibán, para la mejor recepción de sus huéspedes.

5:30 a.m. Viernes 6 de julio de 2007.

Por fin las vacaciones de verano arrancaron, y en su primer día con demasiado alboroto. Los carritos de los vendedores ambulantes y el turismo empezaron, como hormigas, a invadir las playas.

El "NUT" (Nutritivos, Únicos y Típicos), uno de los muchos carritos que eran empujados con la fuerza afanosa de sus propietarios, ofreciendo sus productos a visitantes y turistas, era del señor Armando Ligorio y ofrecía deliciosos cocteles de mariscos frescos de un mes atrás y recién salidos de la nevera… Ja, ja, ja. Él tenía por gusto o costumbre tapar la vista al mar a los turistas que se encontraban plácidamente sentados en las mesas con sombrilla que se rentaban en "El Oasis del Talibán", frente al Mar, de tal modo que el asistente, el hermano Mora, siempre salía para persuadirlo "amablemente" de moverse de ahí. La cuestión es que, por obvias razones, el NUT, como era conocido el vecino Armando Ligorio, haciendo caso omiso de las indicaciones expuestas por el hermano

Mora, con mayor insolencia permanecía estacionado, sin moverse ni un solo centímetro.

La camorra parecía irremediable. Comenzaron los insultos, los empujones y las bravuconadas de ambos sujetos cuando Lehabim Alí, que estaba a la mira de los acontecimientos, intervino diciendo:

—¡¡Eyy!! ¡Un momento, señores! ¿Qué pasa aquí? ¿Acaso no se dan cuenta del mal espectáculo que dan ante los turistas? —y prosiguió—. No es de personas inteligentes que entre nosotros mismos nos eclipsemos y continuemos siempre tratando de perjudicarnos. El Sol sale para todos; tanto derecho tienes tú, NUT, como lo tengo yo de transitar por estas playas, puesto que, como zona federal y como mexicanos, son nuestro legado constitucional y el de futuras generaciones. Podemos usufructuar de ellas con nuestro cuidado, manteniéndolas limpias con el trabajo y esfuerzo de todos y con el pago de nuestros impuestos, esperando… Claro está, sólo si esos impuestos son bien utilizados y administrados honrada y correctamente por quienes se dedican al servicio público en todos los niveles del gobierno mexicano.

Ambos rijosos, turistas y curiosos que se habían apiñado ahí con el morbo de presenciar una posible bronca, finalizaron escuchando con atención las muy sentidas palabras vertidas por Lehabim Alí. Los pendencieros se estrecharon las manos, quedando como buenos amigos. Se dejó oír una multitudinaria ovación, felicitando la elocuencia y pensamiento del orador, para posteriormente disgregarse, ocupándose cada quien de sus asuntos.

Los siguientes días de asueto transcurrieron sin más dificultades entre los vendedores ambulantes y los establecidos. El turismo recibía con toda clase de hospitalidad las atenciones debidas por todos ellos, de esta forma el turismo recibía toda clase de hospitalidad y atenciones por parte de ellos. No hubo más altercados.

Lehabim Alí propuso que entre cada determinado número de palapas se destinara un área para estación de los carritos de venta, de este modo podrían descansar, tener ventas y, lo más importante de todo, no tapar la vista al magnífico paisaje natural que brindaba al turismo ese inmenso mar del Golfo de México.

5:30 a.m. Viernes 20 de julio de 2007.

Después de un sinnúmero de requisitos, permisos, registros nacionales e internacionales, papeleo etc., y con más de dos semanas de retraso, por fin llegaba hasta el campamento El Oasis del Talibán aquella carga tan ansiada y esperada por Lehabim Alí: los "bactrianos", dos hermosos camellos. Hacía más de año y medio se solicitó al gobierno de Mongolia los permisos necesarios para la posesión, compra y traslado de aquellos ejemplares a México, igualmente dando aviso a las autoridades mexicanas y agradeciendo todas las facilidades y consejos que aportaron, logrando su visto bueno y autorización.

La algarabía no se hizo esperar. Casi todos los lugareños y un tumulto de turistas se amontonaban dentro y fuera de las instalaciones del campamento El Oasis del Talibán para observar lo más cerca posible a tan raros, pero bellísimos animales. De manera que, para no estresarlos, se había recomendado a Lehabim Alí, aunque estos dos ejemplares estaban acostumbrados al trabajo y a la presencia humana, a no quitar el vendaje que les cubría los ojos hasta que los curiosos desalojaran el área; cosa que se llevó toda esa mañana y parte de la siguiente semana, puesto que cada día había más personas con el deseo de acercarse a ellos para acariciarlos o tomarse una foto. Por fortuna, los dos animales se adaptaron perfectamente a su nuevo hábitat. "Procópulo" y "Circunspecto", como ya se les había bautizado, comenzaron a dar muestras de inquietud, correteándose por todo el corral del pesebre en donde permanecían protegidos. Había llegado el tiempo de salir y dar el primer paseo por esas encantadoras playas de Costa Esmeralda montados en ellos. Así comenzaron los primeros paseos a camello por esa "isla".

6:00 a.m. Miércoles 8 de agosto de 2007.

Las vacaciones de verano de ese año habían gozado de una "sazón" especial: se había logrado una cordial concomitancia entre el turismo y los servidores. A una semana y media por concluir, Lehabim Alí, el hermano Mora, montando a camello, y otros tres amigos más en dos vehículos conocidos como cuatrimotos, acompañaron al hermano Evaristo en la recolección y recuperación de nidos de tortuga, que aún en esas fechas continuaban eclosionando, para ser llevados al campamento tortuguero Vida Milenaria, tratando de salvarlas de su extinción y posteriormente ser liberadas. El hermano Evaristo colaboraba con su tío Fernando Manzanas, mejor conocido como "Papá Tortuga".

7:00 a.m. Lunes 20 de agosto de 2007.

Finalmente, las vacaciones llegaron a su fin. La "normalidad" en el campamento El Oasis del Talibán regresó a su ritmo acostumbrado de vida menos agitado, aunque ya sin presiones por atender al numeroso turismo que había permanecido en la isla durante las vacaciones.

La Yolis comenzó a merodear de nuevo por El Oasis del Talibán en pos de Lehabim Alí, que dedicaba gran parte de su tiempo a cuidar de "Procópulo" y "Circunspecto", sus apreciados camellos. Aun con todo y eso, la Yolis no dejaba de insistir, ahora pretextando auxiliar a Lehabim Alí en el cuidado de los camellos.

Para colmo de males, Lehabim Alí había recibido una llamada por la mañana de la Dra. Martha Alicia, anunciando su próxima visita a El Oasis del Talibán para el cercano puente del 16 de septiembre. Lehabim Alí debía pensar en algo con rapidez; las cosas se le complicaban. Si bien es cierto que la Dra. le parecía una mujer encantadora, no sería capaz de tolerar su conducta descabezada. Definitivamente no quería ya nada más con ella. Por otro lado, la Yolis le pisaba los talones a todo momento y, según las ideas, o tal vez escrúpulos, de Lehabim Alí, no podía darse el "lujo" de comprometerse con una chica tan joven e inquieta. «¿Qué hacer en estos casos?», se preguntó, cavilando, en voz baja.

De pronto, como si el hermano Mora le hubiese escuchado, el asistente urdió:

—Marajá, ¿ya regresastes a abrir tu página de amistad en internet? ¡Yu ya abrí una, jefe! Y hay un chinguero de viejas, hermano Marajá, y hasta te conseguí una… Ja, ja, ja.

—Calmado, hermano Mora —impugnó Lehabim Alí—. Haré yo mismo mi pesquisa, ¿de acuerdo? Y le comunico que dejé abiertas varias solicitudes de amistad en una página. Además, quiero que me digas, ¿acaso no estás comprometido con la hermana Martha Portillo?

—Bueno, Marajá, habiendo tanta necesitada por conseguir leche en este mundo y yo dispuesto a brindarla altruistamente… ¿Qué otra cosa se puede hacer? Además, recuerda, Marajá, lo que el Señor dijo: "Amaos los unos a los otros" y "multiplicaus". Yo nomás obedezco las enseñanzas, hermano… Y por últimas, ella no lo va a saber... Ja, ja, ja.

«Cabrón, cínico, desgraciado Mora. No tienes vergüenza», pensó para sus adentros Lehabim Alí. Después de todo, el hermano Mora no dejaba de ser todo un pinche bribón.

Esa misma noche, Lehabim Alí se dio apuradamente a la tarea de regresar a escudriñar su computador, procurando que nadie se diera cuenta, para mirar qué es lo que encontraría en éste. Había pasado más de un mes en que, por haberse cruzado la temporada de vacaciones, no tuvo tiempo para abrir esa página, en donde tenía enviadas varias solicitudes de amistad con algunas señoras, así que era ahora o nunca; concluiría con esa afanosa búsqueda, puesto que estaba a escasos días de que la Dra. Martha Alicia hiciese su graciosa aparición en El Oasis del Talibán.

1:30 a.m. Martes 21 de agosto de 2007.

Lehabim Alí recibió más de un veintenar de contestaciones a las solicitudes que había enviado. Leyendo detenida y cuidadosamente el "perfil" de cada una de ellas, se pasó invirtiendo el tiempo de dormir de casi cuatro noches sin encontrar nada que le llamara verdaderamente la atención. Recordó que un año atrás, con su hermano *Al'aswad* (el Negrete), había sucedido lo mismo: estaba a punto de renunciar definitivamente en ese asunto de hallar a la imprescindible esposa. Pensó que no tendría más remedio que decidirse por la Yolis o por la Dra. Martha Alicia; total, ¿qué más daba? De todos modos se la pasaría bien con la que fuera, además, estaba convencido de que no podría ya cambiar de vida.

En esos pensamientos estaba cuando apareció en la pantalla de su computador una nota que decía: "Responda a sus alertas", una imagen y un *"Nik name"* (alias). Lehabim Alí, intrigado, se preguntó qué querría decir eso y abrió el correo.

CAPÍTULO IX

¿Quién es Blanca Luz 153?

tum, tum, tum, tum, tum…. La emoción era tal que el corazón de Lehabim Alí literalmente se salía de su tórax. Frente a su vista tenía la encantadora imagen de una hermosísima mujer que únicamente mostraba el rostro y parte del busto. Su rostro estaba finamente enmarcado por una frondosa cabellera negra peinada con un chongo alto. En esa tez de piel blanca habitaban unos labios divinamente delineados; delgados, pero al mismo tiempo carnosos; de un rojo carmín, y sostenían una pícara sonrisa que invitaba a ser besados. La mirada de sus ojos preciosos de color… ¿Azul, o verde, o miel, o turquesa, o marrón, o qué sé yo? Simplemente eran unos espléndidos ojos iridiscentes de muchas y cambiantes tonalidades, como un arco iris, destellando finalmente en un resplandor de una deslumbrante y blanca luz.

—¡Yuuuuuupppiiiiiiiiiiiiiiiiiii! —expresó con harto jubilo Lehabim Alí, pues uno de aquellos viejos correos por fin había sido respondido.

Leyó con todo detalle la descripción de la mujer aquella, era perfecta.

—¿Quién era esa dama que hacía llamarse "Blanca Luz 153"? —engulló.

Jamás pensó que algo así pudiera suceder, pero allí estaba la respuesta que tanto esperaba. Año y medio tuvo que haber pasado para recibirla después de que él y su hermano *Al'aswad* (el Negrete) chatearan en esa ya lejana noche, dejando al olvido aquellas solicitudes de amistad.

Inmediatamente trató de ponerse en contacto con ella, pero al mirar el reloj se dio cuenta de que no era hora conveniente para hacerlo. Entonces optó por dejarle un mensaje; estaba en eso cuando su corazón dio otro vuelco. ¡Oh nooo! Blanca Luz 153 le escribía desde Colombia, a muchos kilómetros de distancia de la "isla". Sin embargo, eso no lo desanimó y prosiguió escribiendo un mensaje donde exponía lo siguiente: "Apreciada señora, estoy muy contento de haber recibido respuesta a mi solicitud de amistad, y a la vez me disculpo con usted por la tardanza de mi postrera contestación que, por causas de fuerza mayor, no pude escribir antes. Posteriormente le haré saber cuáles fueron las razones y motivos. Espero ponerme en contacto muy pronto con usted. Reciba un fraternal abrazo y un beso de mi parte".

Una semana después del intento por localizar a "Blanca Luz 153", esa encantadora dama colombiana que lo había puesto literalmente de cabeza, ella no daba ninguna señal de vida. Los días corrían sin detenerse; el mes de agosto estaba en el último de sus días y septiembre se asomaba, inevitable, para Lehabim Alí, que ante tal situación creyó que lo mejor sería huir a la Ciudad de México. Pero, ¿qué pasaría con El Oasis del Talibán? No sería para nada bueno dejar botadas las obligaciones y los negocios, así que, como dice el dicho, "hay que tomar al toro por los cuernos".

6:00 a.m. Sábado 1 de septiembre de 2007.

—Buenos días, Marajá. Buenos días, Marajá —insistía el hermano Mora desde afuera de la habitación de Lehabim Alí.

Toc, toc, toc. Ahora el machaqueo era acompañado por fuertes golpeteos a la puerta de la habitación del jefe.

—¡Hey! Hermano Mora, un momento. ¿Qué es lo que está pasando? —reclamó Lehabim Alí.

—Hermano Marajá, están llegando a la isla un chingo de autobuses con turismo y ya está ahí el gandaya del Güero callejas, el Chorejas, el Periquero, la Salamandra, el Monky, la Comadreja, el Pelicano, la Gringa, la Burra, y otros. Y hasta Claudia Partiñas y su güey, el Carlos Mota, nos están chingando todo el turismo.

—Hermano Mora —increpó el jefe—, tú ya sabes lo que tienes que hacer. No es necesario hostigar a la gente que llega a visitarnos, se trata de convencerlas de que nuestra opción es la mejor. Lleva la propaganda de nuestro campamento, prepara a los camellos, llévalos hasta donde se encuentra el turismo, y entrega los trípticos que hemos preparado para ellos; yo me encargaré de recibirlos aquí. Avisa a la hermana Malú, al Nazareno y a la Quika que alisten el comedor y se encarguen de preparar un suculento bufete y cocteles de bienvenida para las personas que lleguen a nuestro negocio para disfrutar de la paz y las bellezas de nuestra amada isla.

Increíblemente, apenas hacía unos cuantos días que Lehabim Alí casi salía huyendo para la ciudad de México, tratando de evitar sus conflictos emocionales, sin embargo, recapacitó en lo caro que le hubiese salido haber tomado la decisión de irse. Afortunadamente eligió bien, quedándose al frente de su negocio: El Oasis del Talibán.

El turismo comenzó a llegar al campamento, atraídos principalmente por el par de camellos a los que se les había bautizado con los nombres de Procópulo y Circunspecto. Funcionaban perfectamente como gancho, además, la limpieza y organización del campamento. La Yolis se había integrado voluntaria y sutilmente al equipo de trabajadores en El Oasis del Talibán, asistiendo en el comedor a la hermana Malú y al hermano Nazareno, y también colaborando con el jefe y el hermano Mora en algunos asuntos de la administración del negocio. Y, de paso sea dicho, cuidando muy especialmente a su jefe y amigo para que nada le hiciera falta.

Lehabim Alí y la Yolis tuvieron una plática antes de que ella fuera aceptada en la hermandad y pasara a ser un integrante más del equipo, llegando a un acuerdo entre ellos. Lehabim Alí le advirtió de la próxima visita de la Dra. Martha Alicia, pidiéndole a la Yolis que era importante llevar "la fiesta en paz", procurando tener una buena relación con ella. Al principio, la Yolis quiso asomar algún tipo de reclamo a Lehabim Alí, pero él, con gran habilidad, separó los compromisos de tipo amistoso o romántico, en caso de que existieran, con los relativos al negocio. Por lo tanto, la Dra. Martha Alicia, independientemente de la relación de amistad que la unía con Lehabim Alí, pasaba a convertirse para ellos en una turista más a quien se le debería garantizar la atención y respeto debidos. Expuesto lo dicho, la Yolis fue aceptada.

12:30 p.m. Lunes 3 de septiembre de 2007.

Campamento El Oasis del Talibán. Lehabim Alí se preparaba para darle la bienvenida a su apreciada amiga, la Dra. Martha Alicia, que haría su arribo a la isla en unos momentos más.

—Hermano Marajá, debemos apresurarnos, pues el autobús llega en unos 15 minutos.

—¿Irá con nosotros la Yolis, hermano? —preguntaba su asistente, el hermano Mora.

—Claro que sí, hermano Mora, pues deseo que ellas se conozcan. Quiero que la Yolis agarre bien la onda de cómo quiero que se comporte con la Dra. Bueno pues, hermano Mora, llame a "La Yolis", y crucemos los dedos para que las cosas salgan a pedir de boca.

—A la orden, Marajá —contestó el hermano Mora—. ¡Ja, ja! —con una pícara carcajada se retiró a llamar a la Yolis, quien era la tortura de su jefe, el gran Marajá.

12:50 p.m. Lunes 3 de septiembre de 2007.

Finalmente el autobús hacia su arribo a la isla, el cálido y pequeño pueblo de pescadores en Tecolutla, Veracruz, bañado por las aguas del mar del Golfo de México, en donde esperaban a la Dra. con cierto entusiasmo e incertidumbre su amigo, Lehabim Alí, y sus asistentes.

Los pasajeros del susodicho autobús de la línea ADO, recién llegado de la ciudad de Reynosa, Tamaulipas, comenzaron a descender uno tras de otro sin que se asomara la esperada Dra. El hermano Mora pudo notar en su jefe cierta inquietud, ya que éste no dejaba de moverse de un lado a otro, restregándose las barbas y el bigote en una especie de tic estereotipado.

El total de los pasajeros recién llegados había ya realizado la documentación correspondiente, recibiendo sus respectivos equipajes; por lo tanto, el autobús procedió a cerrar la puerta de acceso y arrancó en reversa, para enfilarse rumbo a patio de encierro, cuando se escuchó desde el interior del autobús un grito, en cierta forma desesperado, de una mujer que decía:

—¡Heyyyyy! ¡Heyyyyy! Un momento, por favor. Todavía falto yo por salirrrr...

El operador del autobús frenó con brusquedad y estacionó nuevamente el vehículo; asomándose por entre los asientos distinguió a una bella pasajera que provenía del baño de damas del autobús, llevando entre las manos un gran estuche de cosméticos, mejor conocido como "neceser", que, por cierto, es muy usual entre las mujeres cuando viajan.

Todo ese alboroto causó la curiosidad del Marajá y sus asistentes, deteniéndose para ver qué es lo que estaba pasando. Observaron que el operador del autobús hacía reclamos a una madura y bella señora, que en esos momentos, con una mano, se colocaba sobre el rostro unas enormes gafas obscuras y con la otra sostenía una gran caja de cosméticos, exigiendo al operador que le entregara su equipaje, que aún continuaba dentro del portaequipajes del propio autobús. Así, Lehabim Alí dio por cuenta de que se trataba de su amiga la Dra. Martha Alicia, y de inmediato exclamó con fuerza al operador:

—Un momento, señor. Haga usted favor de atender lo que le exige esta mujer y deje de amonestarla.

El sujeto miró con furia al Marajá, contestándole:

—Y usted que se mete, ¿quién es para impedirlo?

Entonces Lehabim Alí refutó sin contemplaciones:

—Señor, ¡resulta que esta señora es mi esposa!

¿Quéééééééé? ¡Oh! ¿Qué había hecho? O, mejor dicho, ¿qué había dicho el Marajá? «¿Su esposaaaaa?», se preguntaban con la mirada sorprendida la Yolis y el hermano Mora. El Marajá los miró encogiendo los hombros y con un ademán de las manos dio por aceptado lo dicho.

Al escuchar la voz de su amigo, la Dra. Martha Alicia colocó sus gafas por debajo de sus expresivos ojos café claro, haciendo un guiño y enviando un beso con su mano a Lehabim Ali. Así que el enojado chofer del autobús no tuvo más remedio que callar, y de mala manera pidió al maletero que abriera la compuerta del portaequipajes para hacer entrega de las pertenencias a la pasajera del asiento número 38. Acto seguido, el marajá ordenó a su asistente, el hermano Mora, que se hiciera cargo de recibir dicho equipaje para colocarlo sobre el lomo de Circunspecto, uno de los dos camellos bactrianos que daban servicio en el campamento dando paseos por la playa al turismo. El hermano Mora sugirió a la Dra. que montara sobre las gibas de la bestia para dirigirse rumbo al Campamento. La Dra. amablemente no aceptó aquella propuesta, ya que vestía una falda pegada de color rosa pastel y el ascenso a las gibas del camello se haría un tanto difícil.

Finalmente, la linda Dra. Martha Alicia fue instalada a tres habitaciones de distancia de la del Marajá, cosa que no le agradó nada a la Yolis, que literalmente bufaba de ira, dicho sea de paso.

19:05 p.m. Lunes 3 de septiembre de 2007.

La Dra. había descansado varias horas en la habitación que se había habilitado especialmente para ella, reponiéndose del largo trayecto del viaje que se hace desde la ciudad de Reynosa al pequeño poblado de Tecolutla, cubriendo un recorrido total de aproximadamente 1080 km, en un tiempo estimado de 12 horas.

La cena estaba por servirse y Lehabim Alí esperaba que apareciera en el comedor su apreciada amiga, la Dra. Martha Alicia. Mientras tanto, había pedido a la Yolis que le sirviera una taza de sus mezclas preferidas de café. Sorbió lánguidamente el delicioso líquido y habiendo ya pasado alrededor de 30 minutos, se presentó ante él la distinguida y hermosa señora. ¡Guauuuu, qué belleza! Fue tal el sobresalto del Marajá que la pequeña taza de café que bebía se derramó sobre sus pantalones al tratar de incorporarse con rapidez para recibir a la hermosa Dra.

—Y…, nene —increpó la doctora—, ¿me quieres decir por qué me has instalado en una habitación que no es donde tú duermes? ¿Acaso estás tratando de esconder algo? ¿No dejaste claro en la estación de autobuses al chofer y a tus empleados que yo soy tu esposa? ¿Entonces para qué me pediste que viniera a verte? Anda, mi amor, "canta" la realidad.

Lehabim Alí, que aún sentía la molestia y el bochorno del líquido caliente derramado sobre su pantalón, le quemaba las piernas y testículos, estaba tan aturdido que no atinaba a contestar nada a toda esa ráfaga de preguntas, y sólo se concretó juiciosamente a ventilar sus ropas y carnes, haciendo caso omiso a aquellos reclamos.

La Dra. reprochó nuevamente, esperando una contestación; acto seguido tomó asiento frente a la mesa y enmudeció, sintiéndose avergonzada. Entonces, el Marajá, tomando las cosas con calma, se acercó a ella y muy cerca del oído le susurró:

—Eres mi reina y estás aquí porque yo quise y porque tú también quisiste, ¿o no es así?

Ambos sonrieron plácidamente y el Marajá volvió a tomar su asiento, pidiéndole a la hermana Malú que sirviera la cena y le repusiera el café derramado. La hermana Malú comenzó sirviendo el menú con un entremés de camarones al ajillo bañados de una salsa agridulce y picante de tamarindo. Mientras tanto, el asistente, el hermano Mora, se encargaba de encender tres velas que se encontraban colocadas sobre un pedestal de cobre latonado, con apariencia de una antigüedad rescatada de algún galeón inglés o español hundido por los piratas. Acto seguido, el asistente siguió el protocolo dictado previamente por su jefe el Marajá y descorchó una botella de un exquisito vino tinto mexicano: Casa Grande, cabernet sauvignon.

Todo marchaba de mil maravillas hasta que, sin imaginarlo, la Yolis se presentó luciendo un vestido de color azul rey, con vivos negros en el cuello y en las cortas mangas, semejante al elegante vestido negro de la doctora. La Yolis lucía una esponjada mata de pelos rizados de color negro que caía sobre sus hombros y estaba adecuadamente maquillada; sus ojos pícaros y juveniles resaltaban, centelleando como dos faros marinos, y la hacían verse estupenda, completamente diferente de como la conocían y miraban a diario. La Yolis escupió su primera carta en aquel sugestivo juego que comenzaba a dar las subsiguientes sorpresas, agregándose a las antes originadas en la estación de autobuses.

—Buenas noches tenga esta feliz pareja. ¿Puedo hacerles compañía? —sugirió con malicia la Yolis al tiempo que acercaba una silla para sentarse a la mesa con ellos.

La Dra., extrañada por la inesperada presencia de la joven y guapa mujer, fue turbada por algunos instantes, pero finalmente aceptó y con una amplia sonrisa insistió que les acompañara. Ambas damas sonrieron mutuamente, presentándose amablemente, y fue la madura y hermosa Dra. quien dio inicio a esa presentación.

—¡Hola! Soy la Dra. Martha Alicia… recién esposa del señor que tengo aquí frente a mí… Ji, ji.

Acto seguido, el turno correspondió a la entrometida, joven y hermosa mujer.

—Hola, mucho gusto. Yo soy la señorita Yolanda Puchekas, exnovia del señor que ahora es tu marido… Ji, ji, ji.

Lehabim Alí, perturbado ante tales eventos en ese impensado escenario, se había quedado mudo. Jamás se le ocurrió imaginar a la Yolis actuando de esta manera, y algo que lo sorprendió aún más es que actuaba con tal naturalidad que parecía haberlo ensayando premeditadamente. A partir de ese momento, la Yolis dejaba de existir para convertirse en la señorita Yolanda Puchekas… ¡Para todos! No le quedó más remedio al Marajá que aceptar esa transformación inesperada, procurando fingir complaciente, con una suave mueca de contento en su rostro.

Las dos damas, ahora convertidas en amigas y confidentes, entablaron una amena plática, dando rienda suelta a toda clase de comadreos e intimidades, refiriéndose a la relación que cada una de ellas sostenía o había sostenido con Lehabim Alí, olvidándose completamente de él y sin tomar en cuenta su presencia, dejando al Marajá en completo mutis.

Al filo de la media noche, entre sorbo y sorbo a sus bebidas, la música, las risas, y una charla continua entre las señoras, Lehabim Alí, percibiendo que su presencia ahí no era necesaria, degustó los últimos bocados de su deliciosa cena cocinada y servida por la hermana Malú, de modo que, aprovechando que ese agitado día estaba por concluir, se despidió respetuosamente de las señoras, retirándose a descansar.

A solas en su habitación, Lehabim Alí no podía dar crédito a la descortesía de la que había sido objeto por aquellas ingratas mujeres, así que, acto seguido, procedió a olvidarse del asunto e instintivamente tomó su "laptop", abriendo su correo para distraer aquel bochornoso suceso del cual había sido el protagonista principal.

0:45 a.m. Martes 4 de septiembre de 2007.

"Hola, mexicano. ¿Qué más? Ya no sé nada de vos…".

Ni más ni menos, Lehabim Alí estaba recibiendo en ese preciso momento un extenso correo de "Blanca Luz 153", aquella bellísima colombiana con quien meses antes había estado en contacto. La curiosidad del Marajá de inmediato se despertó y leyó con entusiasmo, y muy detenidamente, todo el contexto del mensaje, el cual decía:

"Hola, mexicano ¿Qué más? Ya no sé nada de vos. Dígame si usted no desea conversar más conmigo. De todas formas, le hago el envío de unas fotícos que me he tomado con mi familia, mis hijas, hermanas y mi amada madre; ah, también con mis hermosas mascotas, mi perra y un gatico. Bueno, ese gatico es de mi hija, la pequeña, que se llama Angélica, de 11 añitos. Me causa muchos problemas esa culicagada. Mi hija Marsella, de 20, estudia veterinaria y no me da problemas. Es muy juiciosa con sus estudios, pronto la soltaré de la mano. A la chica ya estoy pensando en regresarla con su papá, pues él sí sabe cómo controlarla; yo no puedo hacerlo, me gana todas, ¡ja, ja, ja!

Tuve una conversación con mi hermana mayor, a quien le confío mis cosas y con quien llevo una buena relación. Le comenté de todo esto y que deseo hacer algo por mi propia vida y salir de mi país. Me gustaría viajar, conocer México y a usted también, si está de acuerdo. Por cierto, mi nombre es Blanca Luz Gómez. Mi hermana estuvo de acuerdo en todo lo que yo pienso y quiero hacer. Soy nativa de un pueblito llamado Ginebra, en el Valle del Cauca, muy cercano a la ciudad de Cali. ¿Usted conoce mi país? Si no es así, entonces ya sabe que está invitado a venir. Y si quiere visitarme, acá lo espero, aunque ahora radico en Bogotá, la capital, por los estudios en la universidad de mi hija Maricelita.

Me mantengo vendiendo productos para la limpieza del hogar a los vecinos del condominio. Yo elaboro los químicos con mis propias fórmulas y me va muy bien. Mi apartamento está en un décimo piso, es bastante amplio y tiene una habitación en donde yo trabajo por las noches y parte de la madrugada.

Bueno, espero no haberlo abrumado con este mensaje tan largo y espero pronto recibir su contestación. Ya hablaremos, *ciao*.

P.D. Reciba un abrazo y un beso de su amiga, Blanca Luz".

El Marajá se preguntaba por qué tenía que pasar por tantos sobresaltos en un solo día. ¿Por qué la recepción de ese inesperado mensaje en tan mal momento? Sin embargo, a la vez se tornaba fabuloso recibirlo por tratarse de aquella dama con el seudónimo de Blanca Luz 153.

El momento se volvía más complicado; para colmo, Lehabim Alí enfrentaba la maquiavélica alianza de Yolanda y Martha Alicia. Ambas sabían que ni una era realmente la esposa y que la otra hubiese sido la ex novia, así que el Marajá tendría que ser muy cuidadoso en sus movimientos, pues podría acabar como "el perro de las dos tortas", según reza ese famoso refrán.

7:30 a.m. 4 de septiembre de 2007.

El Marajá se había quedado dormido, vencido por el cansancio y las contrariedades del día anterior. Al despertar, inmediatamente llegó a su mente que debía ser capaz de cuajar una buena estrategia para que, por un lado, no perdiera el afecto de Yolanda y la Dra. Martha Alicia, y, por otro, tuviera la oportunidad y el tiempo suficiente para comunicarse puntualmente en el chat con la colombiana Blanca Luz Gómez.

Allí vagaban sus pensamientos cuando escuchó la voz del hermano Mora, que daba órdenes a la Mojarra y al Conejo para que prepararan a los camellos, Procópulo y Circunspecto, porque llevarían a la señorita Yolanda Puchekas y a la Dra. Martha Alicia a dar un paseo por aquellas encantadoras playas de la isla.

En cuanto el grupo de personas y camellos salieron del campamento, tomando rumbo hacia las huertas de coco, el Marajá saltó de la cama, aprovechando aquella valiosa y tal vez irrepetible oportunidad para contestar el mensaje recibido de la dama de Ginebra. Así que apresuradamente activó el correo y comenzó a escribir. Al mismo tiempo miraba las fotos en donde aparecía Blanca Luz Gómez; en todas ellas lucía preciosa, provocando cada vez más el entusiasmo y la ansiedad del Marajá por lanzarse a un viaje lo más pronto posible al hermano país de Colombia para conocerla personalmente.

"Buenos días. Qué placer, Blanca Luz 153, o, mejor dicho, Blanca Luz Gómez. Además, ¿cómo va a pensar que yo me pueda negar a conversar con usted cuando eso es lo que más deseaba hacer? Le comento que debido a que tengo que atender mis negocios, en ocasiones no me queda tiempo para entrar a la página, pero ahora que ya hemos vuelto a encontrarnos le suplico que no perdamos contacto en esta relación. Por mi parte, me comprometo a entrar todos los días en el horario más pertinente para los dos. ¿Le parece bien, Blanca Luz? O si tiene otra propuesta, por favor hágamela saber.

Me ha dicho que le gustaría viajar a México y, en lo particular, a mí también me agrada y entusiasma la idea de tener el placer de recibirla y atenderla como se merece. Tenga usted la seguridad de que acá será atendida como una reina. Y cuenta desde ahora con un amigo que le abre las puertas de par en par, así que no lo piense más y vaya preparando sus valijas; de lo contrario tendré que ser yo quien viaje a Colombia para ir por usted, ¡ja, ja! Reciba también mi abrazo y, si me lo permite, reciba, con todo respeto, un cálido beso de amistad sincera.

Atte: su amigo, Lehabim Alí".

El tiempo volaba y el Marajá preparaba una sutil ofensiva que le favoreciera para sostener con tranquilidad y beneficios la estancia de la Dra. Martha Alicia y, a la vez, no perder los favores románticos que en ocasiones pasaba con la señorita Yolanda Puchekas. El Marajá aceptaba sin saber en qué momento se había convertido en un mujeriego empedernido.

Las señoras no tardarían en regresar de su paseo en camello al campamento, así que con prontitud entró y salió de la ducha, se atavió con un pantalón de mezclilla azul claro, una camisa blanca y sobre su cabeza colocó el turbante que casi siempre llevaba puesto. Salió de su habitación para dirigirse a la cocina y allí esperar a sus apreciadas mujeres.

—Malú… Malúúúú…

Por tercera vez, el Marajá llamaba a la hermana Malú, que no atendía a su llamado. De pronto, saliendo del interior de la cocina, apareció el hermano Nazareno, que en las manos llevaba un platón que secaba con un trozo de trapo parecido a las jergas usadas para limpiar los pisos, aunque no se trataba en realidad de una jerga, sino más bien de un trapo de cocina. El Marajá, que se había ido con el señuelo de que se trataba de una jerga, se relajó y le pidió que fuese acomodando la mesa con tres lugares. Además, le pidió que trajera una jarra de agua hirviente, café granulado y una lata de leche condensada, también algunas piezas de sabroso pan dulce y por último le cuestionó:

—¡Ehhhh! Nazareno, ¿dónde está la hermana Malú y que está haciendo la Quika? ¿Por qué estás tú en la cocina? ¿No solamente te toca atender las mesas? Dime qué está pasando en este lugar

—¡Hermanuuu! —replicó el Nazareno—. El Mora y el Conejo se llevaron a su "siñora" y a la Yolis, perdón, quise decir a la señorita Yolanda Puchekas, a "pasiar" en los "bactrianus". Y ellas le "dijieron" al Mora que se "trajiera" a la Malú y a la Quika pa' que las acompañaran.

—¿Cómooooo? Con una chingada —expresó molesto el Marajá.

Una vez más, ese par de mañosas señoras le habían comido el mandado.

10:30 a.m. 4 de septiembre de 2007.

El grupo de camellos, alegres comadres y asistentes se divisaban a la distancia, aproximándose al campamento. Lehabim Alí se acercó con astucia *El Charlatán Universal*, el periódico que todos los días recibía por las mañanas, y poniéndolo frente a sus ojos fingió estar leyendo, obstaculizando de esta manera la visión hacia el punto por donde venía haciendo su arribo al campamento toda esa comitiva, logrando no tomar en cuenta su llegada.

Las señoras se apearon de los camellos y se acercaron a la mesa en donde las esperaba Lehabim Alí, quien con finísima falsedad se fingió sorprendido y feliz de su presencia. Ahora tocaba a él aplicar la primera parte de su ofensiva, así que con toda amabilidad invitó a las chicas a sentarse con él. Acto seguido, y sin mayor preámbulo, con un brazo tomó a la Dra. Martha Alicia, rodeándola por la cintura fuertemente, apretándola contra su cuerpo y con el otro brazo la tomó de la nuca para besarla con una desenfrenada pasión y ansiedad que dejó con la boca y los ojillos pizpiretos muy abiertos a la señorita Yolanda Puchekas. El Marajá aprovechaba cada instante de desconcierto de las señoras, así que después de ese largo y caliente beso siguió con un saludo verbal por demás efusivo.

—Buenos días, mi linda y amada esposa. Me alegra ver que has congeniado muy bien con nuestra asistente, y ahora común amiga, la señorita Puchekas, a quien le tenemos ambos unnnnn… —resaltó las siguientes palabras— especial cariño. Je, je, je. ¿O no es así, mi amor?

La Dra., que aún gozaba de los efectos del relampagueante faje, sólo sonrió y asintió con la cabeza, lo que nuevamente aprovechó Lehabim Alí para asestar el siguiente palo; con toda delicadeza sitúo a la Dra. en la silla correspondiente y de inmediato corrió a la otra silla, tomando suavemente con la mano la parte baja de la espalda de la señorita Yolanda Puchekas para guiarla hasta el sitio que debía ocupar frente a la mesa. El Marajá, con gran destreza, al pasar a Yolanda junto a él, deslizó gradualmente su mano hasta sus nalgas, propinándole un ligero pellizco y susurrándole con cautela al oído le propuso:

—Te espero hoy por la noche en mi habitación.

La señorita Puchekas, con un guiño casi imperceptible de uno de sus expresivos ojos, insinuó aceptar la propuesta de su amigo el Marajá, y los tres una vez más dieron cuenta del delicioso almuerzo, esta vez preparado por el Milparientes y el hermano Nazareno.

Las obligaciones del Marajá en el campamento se presentaban una detrás de la otra, de modo que le propuso a su "recién llegada señora" que, terminando el suculento almuerzo, lo acompañara a hacer un recorrido por la playa para llegar hasta los sembradíos de palmerales de coco, que se encontraban cercanos a otro pequeño poblado conocido como Boca de Lima, muy cercano a la ciudad de Papantla, para comerciar la compra de coco fresco. Pero esta vez el recorrido lo harían en las cuatrimotos destinadas para esas necesidades, por ser estos vehículos más rápidos y cómodos que los bactrianos. La idea le pareció estupenda a la Dra. y, sin más, nuevamente invitó a la señorita Puchekas para que fuera con ellos.

—Nene, mi amor, ¿no te incomoda si Yolanda nos acompaña? —preguntó maliciosamente Martha Alicia.

—Noooo, claro que no. Por supuesto, que nos acompañe. Al igual que a ti, mi amor, me gusta su compañía. Es más, hasta me gustaría que lo pasara en todos lados con nosotros, ¡je, je, je! —dijo sonriendo con picardía el Marajá.

Aquel día había transcurrido con mucha actividad. El recorrido Tecolutla-Boca de Lima-Tecolutla y otras actividades les había causado mucho agotamiento. Los tres se despidieron, cada quien dirigiéndose a sus respectivas habitaciones.

11:45 p.m. 4 de septiembre de 2007.

Esa noche, Lehabim Alí se aprestó a encender el computador para comunicarse vía chat con su amada… ¿O tal vez era su deseada dama colombiana? En fin, tenía que aprovechar cada instante que pudiera, dándose maña para todos sus objetivos, pues calculaba que la señorita Puchekas se presentaría en su habitación entre las 2:00 y 3:00 de la madrugada, de tal forma que tendría tiempo más que suficiente para escribirle a la colombiana Blanca Luz Gómez, puesto que ese era el horario pactado por ellos con anterioridad; en el "chat" aparecía el primer mensaje de Blanca Luz Gómez, que decía: "0:05 a.m. Miércoles 5 de septiembre de 2007. Hola, holaaaaaaaa, ¿estás?". 10 minutos después, Blanca Luz escribía nuevamente: "Holaaaaaaaaa. ¿Alí está ahí?". "Sí, sí, aquí estoy, en su espera", respondió Lehabim Alí y continuó escribiendo, "¿Dígame cómo estuvo hoy su día?". "Gracias a Dios hoy obtuve buenas ventas y, además, tengo ya varios pedidos de los productos de limpieza que elaboro. También me llamaron de un negocio de internet para rellenar varios cartuchos de tinta", respondió Blanca Luz. "¿Cómo? ¿Cartuchos de tinta?", preguntó Lehabim Alí. "Ja, ja, ja… Sí, por las noches hago ese trabajo, pues así me ayudo un poco más a aumentar mis ingresos, pues, usted verá, tengo que pagar el arriendo, los servicios de mi apartamento, la u y el cole de mis hijas". "¡Oh! Sí, ya veo, debe ser difícil para usted", escribió Lehabim Alí.

Así pasaron poco más de dos horas, escribiéndose y narrándose uno al otro todo tipo de circunstancias, actividades, gustos, planes para el futuro, etc. Poco a poco se conocían mejor y la amistad entre ellos crecía, volviéndose más interesante. Ambos contemplaban la posibilidad de apersonarse físicamente lo más pronto posible, pues los dos aparentemente coincidían en varios aspectos de la vida. Finalmente llegó el momento de despedirse esa noche, pero esta ocasión fue más afectuosa, pues ella se despidió llamándolo cariñosamente "mi *amore*", y él, a su vez, se despidió de ella llamándole "mi dama".

El Marajá apagó el computador sintiéndose satisfecho por esa muy provechosa conversación con su hermosa dama de Ginebra, y en su rostro se revelaba una sonrisa de satisfacción imposible de ocultar. Sabía que de un momento a otro se presentaría allí la señorita Puchekas y debía estar listo para recibirla. Se enfundó en una ligera bermuda de algodón y dejó encendida la lamparilla que iluminaba levemente la habitación; de pronto, unos suaves golpes en la puerta lo alertaron. «Seguramente se trata de la esperada visitante», pensó. No estaría mal rosearse con un poco más de ese "pachuli", fragancia que el Marajá usaba habitualmente. Se dirigió a abrir la puerta, pero, para su gran sorpresa, quien llegaba a su habitación no era la señorita Puchekas, sino que se trataba de su recién adquirida "esposa": la Dra. Martha Alicia.

—Hola, nene. ¿Y esa cara? ¿Acaso viste un fantasma o… no me esperabas? —preguntó la Dra.

—Nnnnn… no, no, no. ¡Realmente no! —respondió tartamudeando nerviosamente el Marajá, pero, reaccionando con fluidez, rectificó—. ¡Oh! Disculpa, lamento mi torpeza, pero esta es una sorpresa muy agradable que yo no me esperaba. Por favor, te ruego que pases, mi cielo.

—Disculpas aceptadas —contestó la Dra. y se introdujo en la habitación del Marajá, cerrando la puerta con pasador.

Minutos después, la leve luz de la lamparilla que iluminaba la habitación dejó de alumbrar.

11:15 a.m. Miércoles 5 de septiembre de 2007.

Las faenas en el campamento El Oasis del Talibán habían iniciado desde las 6:00 a.m. En la cocina esperaban al Marajá y a su señora, que aún permanecían en la encerrona en la habitación del Marajá. El hermano Mora preguntaba por la señorita Puchekas para que acudiera a atender la recepción, pues ya algunos clientes del campamento solicitaban atención, pidiendo toallas, jabones, accesorios necesarios para el W.C., etcétera.

Solamente dos personas tenían acceso a la bodega en donde se encontraban todos estos productos, una era la señorita Puchekas y la otra era el Marajá, así que no quedó mejor salida que pedirle a su jefe que resolviera la situación. Fue entonces que el hermano Mora ordenó a la Quika que acudiera a la habitación del Marajá para despertarlo, ya que él sabía del mal genio que tenía su jefe cuando era interrumpido estando en una agradable situación como la de esa mañana. Mora sabía que el jefe ablandaría más si era la Quika quien se lo pidiera, pues el Marajá guardaba cierta intolerancia hacia los homosexuales; los respetaba y le gustaba ser respetado igualmente, de modo que siempre guardaba distancia de ellos.

La Quika se acercó hasta la puerta de la habitación del jefe y comenzó a llamarle con su voz afeminada.

—Marajáááá, Marajaááá, salga usted, hermano, que lo necesitan en la recepción.

Pero no obtuvo respuesta y la Quika comenzó a sudar copiosamente de nervios y nuevamente insistió.

—Jefe, Marajáááá, se solicita su presencia en la recepción.

De pronto, la puerta se abrió y una vez más la sorpresa para los que esperaban a su jefe, el Marajá, fue mayúscula, pues, inesperadamente, quien se asomó primero en el quicio tras abrir la puerta fue la figura de la linda Dra. Martha Alicia. La Quika, por unos instantes, no supo qué decir o cómo fingir su sorpresa, así que la Dra., inteligentemente, como para amortiguar la sorpresa que se había llevado la Quika, con una amplia sonrisa arguyó:

—Gracias, chica. Tu jefe, el Marajá, no tardará en salir —y nuevamente cerró la puerta, desapareciendo de la escena.

Fue así que unos minutos más tarde el jefe ya se encontraba en la recepción atendiendo a la clientela y preguntándose a sí mismo en dónde estaría la Yolis, qué pasaría con ella y por qué demoraba tanto. «¿Qué acaso no se pone a pensar que está faltando a sus obligaciones? Y, peor aún, ¿qué pretexto me dará por haberme dejado plantado anoche?», se preguntó Lehabim Alí.

Lo que el Marajá ignoraba es que esa madrugada, cuando la señorita Puchekas se dirigía a la habitación del Marajá, ella se topó accidentalmente con la Dra. Martha Alicia, que en esa noche calurosa salió de su habitación hacía la terraza del lobby de la recepción para beberse un refrescante trago de daiquirí, que con gusto le preparó el Nazareno, que esa noche hacía la guardia.

Ninguna de las dos mujeres imaginó encontrarse a esas horas de la madrugada, pues, por lo general, la mayoría de los huéspedes las utilizan para descansar. Pero, aprovechando el incidente, ambas se dedicaron a charlar amigablemente, aunque la curiosidad y el instinto femenino golpeaban con intensidad el cerebro de la Dra., de modo que, no pudiendo soportar más, asestó la primera pregunta indiscreta a la señorita Puchekas.

—Bueno, dime, Yolanda, ¿qué es realmente lo que te provocó salir a estas horas de tu habitación?

La señorita Puchekas, ante esta inesperada y directa pregunta, sólo pudo responder con una alegre y discreta sonrisa, recuperándose unos cuantos segundos después, y respondió con otra pregunta similar a la graciosa Dra.

—¡Oh! Querida amiga, ¿qué crees? Te iba a preguntar lo mismo. ¿Tú qué haces aquí? —dijo sonriendo con picardía—. ¡Ji, ji, ji!

La Dra. Martha Alicia la miró con serenidad, dio algunos sorbos a su bebida fría y contestó con similar flema.

—Pues mírame aquí, amiga. El clima cálido de esta noche me empujó a buscar un sitio más fresco y de paso sentarme en esta bonita terraza y gozar de esta maravillosa quietud. ¿No crees que es maravillosa?

—Indudablemente. ¡Oh! Sí, sí, maravillosa —repuso la señorita Puchekas, quien nuevamente asestó una segunda pregunta a su interlocutora—. Yyyyyyy... —por unos instantes dudó en formular la pregunta, pero finalmente la soltó a bocajarro—. ¿Y el Marajá por qué no viene contigo?

Una vez más la Dra. volvió a mirar a la señorita Puchekas, luego llamó al Nazareno, quien se encontraba a varios metros detrás de la barra, y le pidió dos daiquirís, uno para ella y otro para la señorita Puchekas; acto seguido, acomodó las solapas de su bata, tapando discretamente sus hermosos senos, y con toda la serenidad que su experiencia y madurez le daban, se aprestó a responder a su interrogante.

—No lo sé, sinceramente creí que él estaba contigo.

¡Zasss! El certero zarpazo estaba bien colocado. La señorita Puchekas pegó un brinco y casi se cae de la silla en donde se encontraba sentada.

—No, no, no, nooooooo, no. ¿Cómo crees eso? El Marajá y yo tenemos una relación solamente como dos buenos amigos.

—Yo más bien diría que de muy, pero muyyyyy, buenos amigos —repuso la agradable doctora sin poder reprimir una sonora carcajada—. ¡Ja, ja, ja, ja!

—Sí, exacto, nos conocemos bien y por eso es que yo estoy aquí apoyándole en todo, bueno, casi en todo —dijo la señorita Puchekas.

—¡Ah! Ya veo, no sabes cuánto me alegra saberlo. Creí que entre ustedes existía algo más y no es mi deseo venir a estropear nada —machacó la doctora—. Gracias, muchas gracias, querida Yolanda.

La señorita Puchekas se le quedó mirando extrañada por lo que en esos momentos externaba la doctora Martha Alicia, y no queriendo quedarse con la duda, soltó a quemarropa una fugaz e intrigante pregunta.

—¿Qué acaso Lehabim Alí y tú no son esposos?

—¡Ji, ji, ji! —respondió tajantemente la doctora con una risilla un tanto irónica—. No, no lo somos, es más, creo que nunca llegaremos a serlo.

Ambas guardaron silencio por algunos minutos, hasta que nuevamente fue Yolanda quien preguntó:

—¿Y lo quieres?

—Sí, mucho, pero yo tengo un pasado que no me deja ser feliz y totalmente libre, y eso él no lo merece. Además, es un pillo, es un mujeriego… es un cabrón.

—¿Porque dices eso, Martha Alicia?

—¡Jaaa! Pues mira nada más, ¿acaso no fue hasta Reynosa por mí? Además, ¿cómo se le ha ocurrido decirme que, así deba ir al fin del mundo, él encontrará su medio cachete? ¿No te parece que es todo un bribón?

Yolanda se quedó con la cara de "juat" cuando Martha Alicia decía que Lehabim Alí encontraría, como fuera, su "medio cachete", no quedando más remedio que preguntarle:

—¿Qué quieres decir con medio cachete?

—¡Ja, ja, ja, jaaa! —inevitablemente, la Dra. soltó una larga y resonante carcajada—. Amiga, eso quiere decir que encontrará a una mujer a su estilo, y creo que ni tú ni yo estamos en su menú. Ja, ja, ja, jaaa. Por esto debo marcharme, pero aún necesito un favor tuyo.

—¿Mío? ¿Como qué? —preguntó la señorita Puchekas.

—Querida amiga, yo me voy, tú te quedas. Vives aquí en esta maravillosa isla y Lehabim Alí también pertenece a este lugar; disfruta con él todo lo más que quieras, pero esta noche permíteme que la pase yo con él.

Chocando sus manos en actitud de victoria, y dándose un gran abrazo, sellaron aquel pacto de amistad.

Mientras que Lehabim Alí se debatía entre sus pensamientos, la atención a su clientela y el negocio, el hermano Mora llegaba a la recepción con la invocada señorita Puchekas.

12:05 a.m. Miércoles 5 de septiembre de 2007.

—Hermano Mora, necesito que se encargue usted de la recepción por el momento. Debo hablar con la señorita Puchekas.

—Como usted ordene, mi Marajá —respondió el hermano Mora.

Lehabim Alí pidió a la Yolis que se dirigieran rumbo a la playa para llegar al negocio del Negro Hilario y su señora esposa, Jivooné, mejor conocida como Doña Pelos. Allí, ambos tomaron asiento, siendo atendidos por el buen Evaristo, conocido también como el Papas.

—Hermano Marajá, ¿qué van a tomar? —preguntó con finura el Papas.

—Sírvenos dos cocos preparados, pero sin alcohol. Y Evaristo, por favor no nos interrumpas más.

El atento mesero frunció los hombros y se retiró sin mediar palabra alguna.

—Oye, ¿qué te pasa? ¿Por qué lo tratas así? —repuso Yolanda—. Evaristo es tu amigo.

—Pues por eso mismo él sabrá por qué. Además, no te traje aquí para defender a nadie, sólo quiero que me expliques por qué no llegaste anoche a la cita conmigo.

—¿Cómooooo? Pero qué descaro el tuyo. ¿y todavía me lo preguntas, Ma-ra-já? —respondió la Yolis.

—Bueno, surgió algo inesperado —contestó Lehabim Alí—. Martha Alicia se presentó repentinamente en mi habitación; creí que se trataba de ti y abrí la puerta sin pensarlo, de modo que no tuve más opción que dejarla entrar. ¿Cómo decirle que no? Recuerda que ella es mi invitada y…

—¿Yyyyyyy qué? —interpuso la Yolis—. ¿Acaso vas a decirme, grandísimo granuja, que Martha Alicia es tu santa esposa?

¡Upsssss! Lehabim Alí sintió como si le apretaran los testículos y no contestó; intuyó que la Yolis ya sabía que entre la Dra. y él no existía matrimonio alguno. Después de todo, ellas congeniaron muy bien, puesto que sostuvieron varias conversaciones a solas, y tal vez en una de ellas, Martha Alicia le hubiese revelado la verdad. Así que el Marajá se dispuso a soplarlo todo.

—Sabes, Yolis… Martha Alicia es una mujer excepcional, me gusta su amistad y compañía, pero nada más para pasar lindos momentos yo…

—¡Shhhh! —intervino Yolanda—. Calla, no digas más. Anoche, cuando me dirigía a la cita, ella y yo nos encontramos accidentalmente en la terraza del lobby y conversamos como lo hacen dos buenas amigas. Lo sé todo, ella me lo dijo anoche. Quiero pedirte un favor. Ella se marcha hoy mismo... No la detengas.

En ese momento apareció el Papas con la orden, miró a la pareja y nuevamente, con ademán similar al anterior, se retiró, agregando un desentonado y mal intencionado canto:

—No debes tener dos amores. Es muy complicado besar en dos bocas. Dos nombres te causan errores y mucho he notado que tú te equivocasss... La, la, la, la...

«Chinga tu madre, pinche Evaristo», pensaba el Marajá.

8:00 p.m. Miércoles 5 de septiembre de 2007.

El autobús número 229 de la línea ADO, en el que viajaría la Dra. Martha Alicia de regreso a su casa, salía de la terminal Tecolutla rumbo a la ciudad de Reynosa, Tamaulipas.

El hermano Mora, la Yolis y el Marajá despedían complacientemente a su ahora mutua amiga. Tal vez la Dra. decidiría visitarlos en alguna otra ocasión. Por el momento, la tensión disminuía para todos. Aquellos tres días anteriores habían sido demasiado extenuantes y el Marajá requería idear y poner inmediatamente en marcha un plan que le permitiera hacer mutis de sus múltiples obligaciones, reponerse de toda esa vorágine de eventos vividos recientemente, y, de paso, calmar los ánimos en el campamento El Oasis del Talibán. Pero, ¿cómo o qué hacer para ello?

Las ideas le daban vuelta por la cabeza una y otra vez hasta que, al observar un volante del campamento tortuguero que era arrastrado por el viento de un pequeño remolinillo, recordó que Fernando Manzanas, mejor conocido como Papá Tortuga, fundador y presidente del campamento tortuguero Vida Milenaria, por estas fechas salía con su equipo a hacer los últimos recorridos por todas las playas aledañas para recolectar y rescatar las últimas nidadas de huevos de las especies de la tortuga Lora y Carey. Pensó que sería buena idea integrarse a ellos, sólo que ya era muy tarde para buscar a Fernando Manzanas, pues éste y su equipo a esas horas ya estarían en el quinto sueño, y sería muy inoportuno despertarlo; de modo que el Marajá se dirigió a su habitación para descansar. Ni siquiera se acordó de la cita diaria que tenía pactada con su dama colombiana. Finalmente, el agotamiento lo venció y quedó profundamente dormido.

8:00 a.m. Jueves 6 de septiembre de 2007.

A la mañana siguiente, Lehabim Alí se dispuso a organizar, junto con el hermano Mora, los quehaceres en el campamento. La Yolis ya se encontraba, lista y hermosa, atendiendo la recepción, mientras que en la cocina, la hermana Malú, el Nazareno y la Quika organizaban las mesas y los menús que se servirían ese día a la concurrencia.

Como todo aparentaba no tener contratiempos en El Oasis del Talibán, Lehabim Alí le comunicó al hermano Mora qué planes tenía para los siguientes días, y, además, tendría que conseguir algún tipo de equipo con señal de internet para mantener la comunicación entre ellos y la clientela, aunque realmente su intención era no perder la comunicación con su colombiana. El hermano Mora le sugirió que adquiriera una USB de banda ancha que anunciaban en una de las tiendas de muebles y electrodomésticos conocidas como Electrakacos.

El Marajá escuchó con toda atención, recibiendo toda clase de información por parte del vendedor de la tienda Electrakacos sobre las maravillas que se podían realizar con la famosa "BAM", garantizándole poder comunicarse desde cualquier punto, por más remoto que fuera, dentro del territorio mexicano, gringo y canadiense. Después de haber escuchado y leído con atención todos aquellos panfletos publicitarios con la atiborrada información del novedoso aparatito, le quedó claro al Marajá que con ese prodigioso servicio podría mantenerse en continuo contacto con su apreciada dama de Ginebra y, a la vez, mantenerse informado por la Yolis de todas las novedades y necesidades que pudiesen surgir en el campamento El Oasis del Talibán, ya que ella quedaría como encargada de la administración y supervisión del mismo durante el periodo que él permaneciera ausente.

Acto seguido de hacer la compra en abonos chiquitos para pagar en enormes plazos y costos exorbitantes casi eternos, Lehabim Alí se dirigió, acompañado de su asistente, el hermano Mora, en búsqueda de su amigo, el biólogo y conservacionista Fernando Manzanas, para solicitarle que los incluyera entre el cuerpo de voluntarios al rescate de las tortugas.

—Buenas tardes, Fernando. ¿Cómo has estado, amigo?

—Hola, amigo Lehabim. Qué sorpresa. ¿Qué asunto te trajo por acá?

—Amigo, quiero pedirte que nos tomes en cuenta a mi asistente, el hermano Mora, y a un servidor como voluntarios en tu proyecto de rescate de la tortuga —repuso el Marajá.

—¡Claro que sí! Con mucho gusto. Precisamente estoy requiriendo de personal voluntario, ya que me han pedido que realice un registro sobre la fauna que habita dentro de los manglares y esteros adyacentes, específicamente de la población existente de serpientes, cocodrilos, lechuzas, pelicanos y cormoranes.

—¡Guauuuu! Qué interesante —interrumpió Lehabim Alí.

Papá Tortuga prosiguió diciendo:

—Bien, amigo. Entonces, como alcanzarás a comprender, no puedo descuidar el proyecto de toda mi vida, que son las tortugas, y ustedes me serán de gran apoyo, pero debo advertirte que esta investigación llevará su tiempo y tendrán que comprometerse, porque no podrán renunciar a ella antes de terminar, por lo menos, la primera etapa. ¿Cómo la ven? ¿Le atoran o no le atoran?

Instintivamente, el hermano Mora miró a su jefe, el Marajá, esperando que fuera él quien respondiera. Lehabim Alí se rascó la barba, luego la cabeza, se relamió los bigotes y exclamó:

—¡Le atoramos, Fernando! Le atoramos.

CAPÍTULO X

La maldita bam de yuzzasell

5:00 a.m. Sábado 22 de septiembre de 2007.

Habiendo dejado todo en orden en el campamento El Oasis del Talibán, bajo el mando y dirección de la señorita Yolanda Puchekas, Lehabim Alí y su asistente, el hermano Mora, se integraban al primer equipo de voluntarios de Vida Milenaria, dirigidos por el conservacionista Fernando Manzanas.

En ese primer día de actividades, Lehabim Alí fue designado por Papá Tortuga como jefe y guía de un grupo de nueve personas, llevando con ellos un modesto equipo e instrumental para la realización de su trabajo. Cabe mencionar que el encargado del proyecto les encomendó la tarea de llevar a cabo el registro y censo de la población de cocodrilos, pues confiaba plenamente en el coraje, destreza y familiaridad que los hombres asignados a ese grupo poseían con esa especie de animales. Así pues, se adentraron en los manglares hasta perderse de vista entre la maleza y la niebla madrugadora.

Era bien sabido por todos aquellos lugareños que esos grandes reptiles pasan inanimados la mayor parte del día. Por la mañana, los ríos se calientan y los cocodrilos salen del agua buscando el calor de Sol mañanero cuando éste se encuentra en todo su apogeo, normalmente estando en el cenit, ubicándose ya sea en la orilla del río, sobre alguna saliente rocosa, o por encima de algún gran tronco que sobresalga del agua del estero. Los cocodrilos abren con amplitud sus enormes mandíbulas, esto les ayuda a calentarse por las mañanas o refrescarse al mediodía. En el interior de su mandíbula, los vasos sanguíneos están cerca de la superficie de la piel, permitiendo que el calor pase rápidamente hacia la sangre. Por la noche, el agua se enfría lentamente, así que los cocodrilos pasan estas horas dentro del río para mantenerse en calor.

Los voluntarios acomodaron la embarcación entre un recoveco de los manglares, cubriéndola con una enramada para ocultarla y evitar que fuese detectada por los grandes lagartos. Colocaron un señuelo consistente en trozos grandes de pescado en putrefacción y esperaron pacientemente a divisar la aparición de uno de estos formidables reptiles, pero ese día no corrieron con suerte, pues no apareció ninguno. La luminosidad del día disminuía minuto a minuto; se hacía apremiante la instalación del campamento y el tendido de las tiendas de campaña, puesto que la noche traía consigo grandes enjambres de mosquitos que emergían por millares en el pantano. Era necesario, cuanto antes, protegerse de ese temible e implacable ejército de insectos chupadores de sangre. Afortunadamente, el consuelo de este feroz ataque es que sólo se presenta dos horas aproximadamente en el crepúsculo del anochecer y otras dos en el crepúsculo al amanecer.

Los hombres habían encendido una fogata, colocándose alrededor de ella, bebiendo café acompañado con pan de dulce. Charlaban haciendo mofas sobre la manera en que capturarían los cocodrilos, haciendo referencias a algunos de los programas de naturaleza y vida indómita de la TV por cable.

Ya era tarde. La convivencia entre los individuos del equipo de rescate se había extendido hasta cerca de las 10:00 p.m. Lehabim Alí prefirió retirarse a descansar en su tienda de campaña y encendió la lamparilla portátil que pendía en la parte alta para iluminar el interior e inmediatamente preparó su laptop, colocando la BAM para comunicarse con su amada dama de Ginebra. Pero el prodigioso aparatito electrónico móvil no daba respuesta alguna. Lehabim Alí intentó nuevamente de agarrar señal una, dos, tres, 10 y no sé cuántas veces más y… nadaaa. ¿Qué pasó? La maldita BAM de Yuzzasell no cumplía con todas aquellas maravillosas particularidades expresadas por el vendedor, que, además, eran avaladas por los panfletos publicitarios. Lehabim Alí irremediablemente había caído en un alevoso, premeditado y vulgar fraude comercial, sin embargo, con mesurada esperanza se tranquilizó, pensando en que tal vez la red de internet se encontraba demasiado saturada, y optó por dejar para la siguiente noche ese asunto.

Lehabim Alí se echó dentro de la bolsa de dormir a hacer lo propio, ya que el director general del programa de rescate y registro de fauna les había establecido claramente que de ninguna manera intentaran capturar para el registro a ninguno de esos reptiles por la noche, ya que el riesgo que constituía no contar con los elementos necesarios y apropiados para esta labor era muy alto.

5:00 a.m. Domingo 23 de septiembre de 2007.

Por la mañana, el equipo se dispuso a levantar el campamento, advirtiendo que el pescado putrefacto que servía de carnada había sido prácticamente arrancado del gancho que lo sujetaba, desapareciendo casi en su totalidad. Seguramente un sigiloso aligátor fue quien lo robó frente a las narices de quienes quedaron a cargo de montar la guardia esa noche. El arnés fue nuevamente dosificado, pero ahora aprovechando el recurso con el cadáver en descomposición de un perro guardián de alguna de las granjas que se asentaban adjuntas al estero, y que seguramente había muerto ahogado en el río.

Los voluntarios emprendieron un nuevo recorrido buscando penetrar ahora por los brazos más recónditos e intrincados del estero. Hábilmente, el hermano Dhalai, quien era el conductor de la lancha, hacía virajes rápidos para evitar chocar contra los troncos del manglar, ya que en varias ocasiones la espesa maleza hacía que se tuviese que parar el motor de la lancha, puesto que también se debía tener cuidado por debajo de la embarcación para evitar que la propela no golpeara con los troncos sumergidos del manglar que estaban rasantes o muy cerca de la superficie, de manera que en esos casos entraban al quite el asistente hermano Mora y el hermano Evaristo, el Papas, y usaban los remos de forma invertida, como si fueran pértigas, aquellas barras de madera que son utilizadas para impulsar a las trajineras que pasean al turismo en los famosos conductos de agua de Xochimilco en la Ciudad de México. Otros dos integrantes, el hermano Conejo y el hermano Mantarraya, quienes eran buenísimos con el machete, se añadieron a la labor para ir abriendo brecha y darle paso a la embarcación.

El grupo de voluntarios tendría que hacer todo este esfuerzo con el propósito de situarse lejos de los canales principales, teniendo el mayor cuidado de afectar lo menos posible la naturaleza propia del manglar. Ya de por sí, el constante ir y venir de las muchas lanchas de pobladores, pescadores y turistas alteraba la tranquilidad de la fauna, provocando que los reptiles huyeran a zonas de menor tránsito, aunque algunos de estos formidables y hermosos aligátores estaban tan habituados que ni siquiera se inmutaban al bullicio y chirriar de las motoras, y hasta posaban ante las cámaras fotográficas de los turistas que corrían con la suerte de encontrarse con ellos.

Desgraciadamente para nuestros hombres, esa suerte del turista no los acompañaba.

Finalmente, cerca del mediodía, se instalaron junto a los márgenes de media docena de pequeñas lagunas, aparentemente formadas por antiguas excavaciones que hiciera algún concesionario de la compañía petrolera Pemex para después dejarlas en completo abandono, causando un gran cochinero y deterioro ecológico al estero, pero eso es otra historia que por ahora no nos viene al caso.

Los voluntarios alzaron, a unos cuantos metros, aledaño al campamento, un chiribitil elaborado a base de troncos y ramas con un toldo de lona ahulada para ayudar a cubrirse del rocío o de la lluvia, según fuera el caso. Luego la recubrieron y camuflaron con más follaje para que desde ahí mismo pudieran otear con cierta comodidad, sin ser descubiertos en la posible incursión de uno de esos especímenes.

5:45 p.m. Domingo 23 de septiembre de 2007.

Un nuevo crepúsculo les alcanzó a Lehabim Alí y al hermano Chorejas mientras montaban la guardia de esa noche. El Marajá echaba chispas, pues estando metido en ese escondrijo, como uno de los vigías nocturnos, no tendría chance de comunicarse con su bella interlocutora colombiana por segunda noche consecutiva, así que la BAM se quedaría guardada en la mochila.

Después de la cena y poner en orden los trabajos que se realizarían al día siguiente y haberse bebido un café, los hombres del campamento entraron a sus tiendas para descansar y los dos vigías se dirigieron y acomodaron dentro del incómodo escondite para iniciar su guardia. El satélite natural de la Tierra estaba a unos cuantos días de entrar a su fase de Luna llena y destellaba una luz diáfana que concedía una mejor visión en la noche. Además, contaban con un par de potentes binoculares, propiedad del Marajá; se podía distinguir con ellos, entre los claros del manglar y la superficie del agua de las lagunas, el revoloteo que causan los peces al asomarse para respirar o atrapar algún insecto. Pasó ante sus ojos un variado desfile de vida salvaje que se acercaba a las lagunas a beber agua tanto de noche como de día. Llegaron a observar animales, como una caterva de iguanas verdes de todos tamaños que se disputaban los mejores lugares en las ramas de los árboles; un prevenido y solitario tigrillo u oncilla de montaña; un grupo de rijosos cuatíes; un clan de ruidosos monos; toda una familia de nerviosos chancos almizcleros; grandes parvadas asociadas de pelícanos y cormoranes; millares de quirópteros; imponentes águilas que llegaban a posarse en las copas de los árboles más altos, en fin, una gran variedad de fauna. Hasta les pareció ver una parvada de zorros voladores, pero eso era improbable, pues se conocía que esos mamíferos voladores sólo habitan en Asia, específicamente en Filipinas, ya que los únicos voladores que existían por aquellas latitudes eran los voladores de Papantla. Al parecer, la ansiedad por encontrarse con un gran aligátor comenzaba a acorralarlos, jugándoles rudo y haciéndolos ver visiones.

8:30 a.m. Jueves 27 de septiembre de 2007.

Transcurrieron tres días más sin éxito. Todos los brigadistas habían rolado y pasado turno por todas las guardias y ninguno había podido observar algún indicio de la presencia de cocodrilos. El Marajá meditaba el asunto con ellos, si debían mudarse a otro lugar o no, y la respuesta fue no moverse de ahí.

El Marajá, aprovechando tales circunstancias, entró en su tienda de campaña e intentó comunicarse de día con su dama. Lo había intentado ya esas tres noches posteriores a su guardia nocturna sin poder lograrlo, así que ahora probaría de día, pero los intentos fueron totalmente en vano. La maldita BAM no funcionaba, a diferencia de como lo presumían en sus anuncios publicitarios. El Marajá se resignó a establecer comunicación con Blanca Luz 153 hasta terminar el registro de lagartos que su amigo Fernando Manzanas le había encomendado.

El hermano Dhalai, el asistente Mora y el hermano Papas, que era sobrino de Fernando Manzanas y que también se había unido a la brigada de rescate, salieron rumbo a un poblado cercano, conocido como Cruz del Estero, para surtirse de víveres y café. Lehabim Alí concluyó de pasar su informe del día anterior en la libreta de campo.

Las horas de ese día marcharon sin detenerse y una vez más se montaron las guardias. Dos de los hombres quedaron en el acantonamiento y los otros dos en el cobertizo de ramas. Los otros tres brigadistas que habían salido del campamento aproximadamente a las 10:30 a.m. para realizar las compras y surtir los víveres aún no regresaban.

Ya cerca de las 9:00 p.m., el rugir de un motor lejano anunciaba la llegada de una lancha. A lo lejos, y entre la tupida maleza del manglar, se podían ver con dificultad algunos destellos de pequeñas lucecillas que lentamente se aproximaban hacia ellos, moviéndose ondulantes en varias direcciones que en ocasiones se perdían de la vista. Seguramente se trataba de los tres integrantes del grupo que faltaban y que ahora regresaban al campamento, causando el jolgorio de quienes les esperaban. Unos minutos después hacían su arribo. No haciéndose esperar más, las viandas de café comenzaron a correr por todo el campamento. Se había hecho tarde, pero no importaba, porque ahora todos se irían a descansar satisfechos, con la panza llena.

La Comadreja y el Eslabón Perdido, quienes se apostaban como vigías (el Marajá nunca supo sus verdaderos nombres), comenzaron a notar algunos movimientos extraños en una de las lagunas y si lo que veían con sus ojos a través de los binoculares no los engañaba, se trataba ni más ni menos de un enorme cocodrilo. El Eslabón salió del escondrijo y alertó a Lehabim Alí sobre el recién avistamiento. Y cuando todos dormían plácidamente, Lehabim Alí solicitó al Eslabón que despertara a los demás para que se integraran a la guardia, pues no deseaba que por ningún motivo se les escabullera la presa descubierta, aunque la Luna se encontraba en su fase llena, iluminando claramente el manglar; podría correrse el riesgo de que el animal intuyera la presencia de humanos y poner patas en polvorosa, hundiéndose en la relativa seguridad del río.

9:00 a.m. Viernes 28 de septiembre de 2007.

Los siete brigadistas pasaron toda la madrugada en vela y tuvieron que esperar hasta el amanecer para intentar la captura; mientras tanto, prepararon todos los artefactos que usarían y con los que contaban para la captura y registro del animal, que consistían en: una red para tiburones, varias sogas y cordeles, algunos ganchos, palos hechos con los troncos del manglar y mucho valor al estilo mexicano. También se encargaron de preparar un nuevo cebo, lo más hediondo que pudieron idear, usando los residuos de sus propios alimentos y algunos apestosos restos de guanaja.

El grupo de rescatistas se situó alrededor de la laguna en donde presumiblemente se encontraría sumergido el cocodrilo. Todos aguardaron pacientemente, esperando su ascensión a la superficie del agua para respirar y así localizarlo visualmente. El animal asomó discretamente su cabeza y fue avizorado casi al centro de la laguna, que tenía un diámetro de aproximadamente 120 metros. Ahora el dilema sería cómo hacer para atraerlo hacia la orilla con el cebo. Se requeriría poseer una catapulta para arrojarlo hasta donde se encontraba el monstruo o, a falta de esta herramienta, alguien tendría que llegar por agua, acercándose lo más posible, y, a la usanza de las competencias olímpicas, lanzar a manera de martillo la carnada.

No hubo que pensarlo mucho. El hermano Lobo y el hermano Mora se ofrecieron para lograr la misión. Cada uno de ellos fue atado fuertemente por la cintura con una soga, pues el riesgo se multiplicaba, ya que el fondo de la laguna era muy irregular, variando de los 70 centímetros hasta los más de dos y medio metros de profundidad. Agregado a esto, algunas zonas del piso eran fangosas y estaban repletas de lirios y plantas acuáticas que se enredaban entre las piernas, pudiendo quedar atorados y ahogarse. Había otras zonas en donde el piso estaba lleno de escombros de varillas oxidadas de acero y concreto resbaloso, que seguramente la compañía petrolera había enterrado o distraídamente olvidado ahí. También se había formado un extenso manto de ostiones que, con sus conchas irregulares ásperas y cortantes, que asemejaba un arrecife de tonos pardos, y agregado a todo esto estaba el inminente ataque furtivo del cocodrilo.

Lentamente, los valientes rescatistas recorrieron poco más de una treintena de metros por el agua y se dispusieron a hacer el lanzamiento. El hermano Mora tomó la soga con sus manos y el hermano Lobo sostuvo el pesado arnés, de aproximadamente cuatro kilos y 300 gramos, con la apestosa carnada y a la una, a las dos y a las tres vueltas o giros de la soga lograron un magnífico lanzamiento, el cual recorrió una formidable distancia de poco más de 11 metros. De este modo, el olor del pestilente manjar obligaría al aligátor a salir a devorarlo y entonces jalarían la soga, atrayéndolo hacia la ribera de la laguna, y allí echarían sobre el saurio la pesada red para tiburones, tratando de inmovilizarlo. Lo atarían y tomarían sus medidas, sexo y calcularían su edad para su registro. Todo esto, teóricamente, era sencillo, pero habría que enfrentarse con la realidad y esperar los resultados.

El retorno a la orilla de la laguna del hermano Mora y el hermano Lobo fue igualmente peligroso e inquietante, pues no se descartaba un sorpresivo ataque del cocodrilo, puesto que este gran reptil, además de encontrarse en su elemento, seguramente ya estaba alertado, sintiéndose perturbado por la presencia de esos dos extraños invasores. Los rescatistas que permanecían fuera del agua oteaban por todos lados de la laguna, tratando de prevenir cualquier ondulación sospechosa en la superficie del estanque, mientras que dos de ellos simultáneamente jalaban las sogas que tenían ceñidas a la cintura aquellos dos hombres que aún seguían dentro de las aguas, con el fin de hacer más rápida su salida para su mejor resguardo en la orilla.

Al llegar a salvo a la ribera, el hermano Mora y el hermano Lobo dieron testimonio al Marajá de haber creído ver entre las protuberancias de juncos y helechos que se amontonaban junto a los macizos de fango y escombro, pequeños cocodrilos que asomaban sus minúsculos cuerpos para después chasquear el agua al sumergirse con rapidez en ella. Ambos coincidieron en no haberlos confundido con culebras, tortugas o sapos. Escuchar ese rumor fue motivo de mayor entusiasmo para el equipo de rescatistas, que instintivamente reanimaron los objetivos de su búsqueda.

La soga que sostenía el cebo seguía sin ser secuestrada por el animal. El lado contrario de la línea fue atada al tronco de un arbusto y, a la vez, en ésta ataron una campana que hiciera las veces de alarma cuando el cocodrilo iniciara a jalar del cebo, sin embargo, el animal no daba muestras de aparecer. El calor del día se intensificaba y el Sol resplandecía en toda su magnitud cuando el hermano Salamandra exclamó a todos:

—Tanquilog muchachog, que egte animag, jo su pugta magle, tiene tagde o tempagno que salig ag tomag el Sog.

¡Ciertamente! ¡Era verdad! Esa tarde, el cocodrilo forzosamente tendría que aparecer por algún lado a tomar los rayos de Sol.

3:14 p.m. Domingo 28 de septiembre de 2007.

No habiendo pasado mucho tiempo de esa acertada cavilación hecha por el hermano Salamandra, finalmente, el formidable saurio de más de dos metros de longitud apareció nadando sobre la superficie del agua. Se dirigió hacia aquellos matorrales repletos de juncos en donde los dos "campeones olímpicos lanzadores de martillo" habían afirmado ver a los pequeños lagartos. Rápidamente comenzaron a mover la soga para llamar la atención del cocodrilo y que éste cayera en el garlito. El gran animal se sobresaltó y con movimientos muy lentos, como tratando de no ser descubierto, se sumergió nuevamente. Los minutos fueron pasando, tal vez 10, 15 o 25.

Tang, tang, tang, tang… La campana comenzó a repiquetear con notable insistencia. El cocodrilo estaba dando cuenta del pequeño refrigerio que se le ofrendaba. Todos corrieron a detener la soga, que literalmente era arrancada del árbol en donde estaba atada. El forcejeo entre hombres y bestia se asemejaba a ese juego de niños en donde un bando y otro jalan en sentidos opuestos hasta hacer caer al equipo adversario en la marca que existe en el centro.

La lucha era titánica y los hombres iban ganando terreno, ¿o acaso debo decir estanque? El cocodrilo giraba sobre sí mismo, luchando ferozmente para no soltar su presa; era cuestión de tiempo y resistencia. De repente: ¡zzzzzzzaaag, zag, zag! Un fuerte zumbido, como un latigazo, se escuchó y los siete fornidos hombres cayeron de nalgas al suelo. La soga había cedido un tanto a la extrema tensión y otro tanto porque el cocodrilo había trozado parte del arnés con sus poderosas mandíbulas, llevándose como premio la sabrosa carnada. El esfuerzo de la lucha les había dejado exhaustos… Habían perdido la primera batalla, pero ahora sabían que el cocodrilo que seguían se trataba de una hembra que empollaba a sus crías y que no dejaría por nada ese estanque para proteger a su prole, quedándose ahí por un mínimo de tres o cuatro semanas más.

CAPÍTULO XI

Ostiones y la cocodrila Elba Estero

7:21 a.m. Martes 2 de octubre de 2007.

Qué difícil estaba resultando lograr la captura de esa "cocodrila", maestra de la engañifa y el escapismo. En estos últimos cuatro días les había vencido, ganándoles con la carnada, Los pescadores ahora estaban convertidos en rescatistas y conservacionistas de la fauna, y tenían las fuerzas debilitadas y la dignidad mallugada por la engreída cocodrila, que se encontraba bien aposentada en sus dominios al centro de la laguna. Dicha cuestión la aprovechaban los brigadistas para zambullirse en las orillas, sacando muy temprano ostión fresco todos los días, degustándolos deliciosamente en el desayuno, rociados de jugo de limón, sal y salsa picante El diablillo feliz, y acompañándolos con galletas saladas. Devoraban a esos suculentos lamelibranquios parientes de las ostras hasta atiborrar sus barrigas antes de comenzar sus labores.

Como era habitual, la marrullera cocodrila pasaba medio día montada, despreocupadamente, sobre el promontorio de un grueso pilar de concreto que se hallaba derrumbado y era parte de los escombros de una abandonada construcción en la parte central de la laguna. Estaba inmóvil y abriendo las mandíbulas para calentar su sangre, característica natural de esos reptiles. Los rescatistas se habían acercado a ella en varias ocasiones, a una riesgosa distancia de ocho metros, tratando de provocar su instinto depredador de captura y motivándola a que los persiguiera, atrayéndola hacia la orilla, pero tan sólo con esa fija e inclemente mirada de sus ojos saltones era más que suficiente para atemorizar y persuadir de cualquier otro intento de mayor atrevimiento en contra de ella.

No cabe duda, su aspecto infernal y ferocidad recordaban a aquellas leyendas macabras sobre una maestra perversa, novia del muñeco Chueko, a la que se le conocía con el nombre de Elva Ester Gordiño, así que los rescatistas de inmediato apadrinaron con mucho tino a esa cocodrila con el mote de: "la cocodrila chueka del estanque".

Esa mañana recibieron la visita del hermano Canelo y su señora esposa, también venía el hermano Milparientes, un sujeto afeminado, físicamente bien feo, ignorante y mugroso, que juraba tener parientes extranjeros en todo el mundo, e, incluso, según él, describía todo un árbol genealógico que lo emparentaba con Lehabim Alí. Por eso era el hermano Mil… parientes. "Ah malaya, que me trague la tierra", comentaba el Marajá por eso; no soportaba tenerlo cerca y, discretamente, sin tratar de ofenderlo, sencillamente lo evadía, alejándose de él e ignorando sus absurdas pláticas y relatos sin sentido.

Pero, en fin, la presencia de estos tres personajes en el campamento se debía a que el hermano Canelo estaba interesado en conseguir una de esas pequeñas crías de lagarto; a cambio prometía cuidarlo más que a su perico, y eso era mucho que decir, puesto que quería más al perico que a sus propios hijos. En agradecimiento, y dándolo como un hecho, llevaba para el grupo de rescatistas su embarcación repleta de víveres y cervezas; también cargaba con varias redes, sogas, ganchos y, por si esto fuese poco, remató ofreciendo a los rescatistas una balsa inflable de dos plazas con remos.

—¿Ehhhhhh? ¿Quééééééé? ¿Cómoooooo? ¿En qué diablos piensas, Canelo? ¿Tú crees que puedes así porque sí nada más llegar y llevarte un cocodrilo? Déjame informarte en este momento que no es posible —reparó el Marajá.

El hermano Mora intervino al preguntarle al Canelo, a manera de reclamo:

—¿Y tú cómo lo sabes?

—Esque yo ollí hablar de eso al Dhalai y al Eslabón el domingo en la noche que jueron a comprar cigarros al tendajón del güero Fournier —contestó el Canelo al hermano Mora.

—Mmmmm, bueno —reanudó Mora bajando el tono de su reclamo—. Mira, mi buen hermano Canelo, todos los que estamos aquí nos dimos cuenta del tremendo daño que hemos hecho a nuestro estero y manglares, por eso ahora tratamos de rescatarlo antes de que se lo cargue la chingada y acabemos por completo con él. Así que nos hemos unido para colaborar con un granito de arena, ayudando al buen Fernando Manzanas, que ha dedicado toda su vida al cuidado no sólo de la tortuga, sino también de nuestra fauna y entorno ambiental, junto con su esposa.

—Ciertamente, Canelo —dijo Lehabim Alí—. ¿Por qué mejor no te unes a nosotros? Y en vez de llevarte un cocodrilito para que se te muera en tu casa estando en cautiverio, mejor te los llevas todos.

—¿Cómo? No ti intiendo, Marajá —contestó el hermano Canelo—. ¿Pos no que no se cuede, Marajá?

—Mira, hermano Canelo, no seas güey, es bien sencillo —decía el Marajá—. Verdaderamente nos ayudaría demasiado la balsa. ¡Vaya que sí la necesitamos! Con ella sería más fácil la captura de la Cocodrila; así, cuando la inmovilicemos para su registro y posterior marca, tú puedes entrar al estanque con alguno de los muchachos, quien te indicará el lugar exacto en donde se ocultan las crías y atraparás a todas las que encuentres.

—Peroooo pos si yo nomás quero uno, ¿pa' qué quero todas? —objetó el Canelo.

Los demás brigadistas miraron con prejuicios y confusión al Marajá. ¿Por qué el Marajá se autorizaba a regalar las crías al estúpido del Canelo? Lehabim Alí, al notar aquellas miradas de desaprobación, apuró a expresar:

—¡Hey! Un momento a todos… Lo que trato de decirte, Canelo, es que tú serás quien cuide a estas crías hasta que alcancen la talla de 100 centímetros, y eso puede demorar entre dos y tres años. Después serán registrados y los regresaremos al estero, que es su hábitat natural.

El hermano Mora intervino diciendo:

—Marajá, pero eso cuesta una lanota y este güey no tiene ni pa' tragar, y cuando tiene monedas prefiere ir a gastarlas en pura caña allá con el Genaro y con el Juanito Reyna.

—¡Ja, ja, ja, jaaaa! —todos los ahí presentes estallaron en carcajadas, siendo el Canelo el único pescador de la fraternidad que no reía, quedando con cara de turulato.

Doña Aurora, esposa del Canelo, fulminaba a todos con la mirada, así que para evitar que doña Aurora, alias la Cacerola, se encabronara más, todos los ahí presentes callaron y prosiguieron con sus deberes.

Una vez más, Lehabim Alí argumentó:

La dama de Ginebra

—Hermano Mora, organizaremos una pequeña fundación entre nosotros, apoyada por El Oasis del Talibán, para el cuidado sanitario y alimentación de las crías, consiguiendo con el papá de Claudia Partiñas, que es el regidor, que la autoridad correspondiente nos apruebe los permisos.

—Pero… ¿Pa' qué quero tantos? —rebatía el Canelo.

—Pa' que te pongas a trabajar, ¡grandísimo huevón! —cantaron los brigadistas a coro, y nuevamente, sin poder evitarlo, a pesar de la presencia de doña Cacerola, soltaron otra sonora risotada.

10:00 a.m. Miércoles 3 de octubre de 2007.

Esa asoleada mañana, el Canelo regresó a la laguna en donde se hallaban los rescatistas después de haber dejado en casa a doña Cacerola, su mujer. Los rescatistas consumían placenteramente los últimos rezagos de ostión en su concha recién sustraídos de las turbias aguas de la laguna; inmediatamente se apresuraron a inflar la balsa que el Canelo "desinteresadamente" les había llevado el día anterior. Mientras tanto, Lehabim Alí supervisaba que todo estuviese en orden y checaba que todos estuviesen sobrios, pues las cervezas que había llevado el Canelo acapararon la atención de algunos miembros del grupo de rescatistas que habían quedado en euforia, una pítima, noctívaga. Afortunadamente, ninguno de los cheleros rescatistas presentaba síntomas de resaca alguna. Al contrario de esto, ya estaban ansiosos por echarle el guante a la escurridiza cocodrila.

Una vez más, el enorme animal, sabihondo de su gran fuerza y poder, se aposentó seguro y confiado en su platea al centro de la laguna a tomar los primeros rayos de Sol que caían en esa hermosa mañana. En ese momento inició la operación de captura al entrar en la laguna. Montados en la frágil balsa inflable, el hermano Mora y el hermano Papas remaban con cautela, acercándose al lagarto de dos metros 75 centímetros de longitud para lazarlo al estilo rodeo con una gruesa soga, como si se tratase de una vaca. Pero a escasos tres metros de distancia de su presa, la bellaca cocodrila se echó al agua, sumergiéndose y dejando un rastro de burbujas que iban desapareciendo tras su inmersión.

Los demás hombres aguardaban dispersos sobre la orilla, a cuatro metros de distancia uno del otro, equipados con una soga y un pito, o, mejor dicho, un silbato de vigilante, que colgaba de sus cuellos y era atado por un cedazo rojo. El Canelo sólo miraba con curiosidad las maniobras. Todos quedaron a la expectativa de la siguiente ascensión del reptil a la superficie cuando, repentinamente, se escuchó un impresionante estruendo: ¡crashhh! La arbitraria Cocodrila había tirado un macizo coletazo a la balsa, haciendo caer al agua al hermano Mora y al hermano Papas. Inmediatamente, el animal se echó contra la endeble y deteriorada embarcación, atrapándola con sus poderosas mandíbulas y con movimientos de su cabeza, agitando de un lado a otro, la desgarró, convirtiéndola en pequeños trozos de vinil y tubos de PVC retorcidos, mismos que engulló sin protestar aprovechando esos momentos del furioso ataque a la balsa.

Los hombres se escabulleron a toda prisa por un costado de la bestia, buscando ponerse a resguardo en la ribera de la laguna. Los rescatistas que estaban sobre la rivera observaban atónitos el desarrollo de ese violento e inesperado episodio; contenían la respiración esperando no tener que pasar por un lamentable desenlace. Fueron minutos de angustia y desesperación por no poder hacer nada para asistir a sus compañeros en esos instantes de caos. Al constatar que sus compañeros se encontraban a buen resguardo fuera de la laguna y del alcance de la malhumorada bestia, exhalaron tranquilos.

La rijosa cocodrila, al sentirse satisfecha con algo dentro de su estómago, regresó a su habitual calma, y para sorpresa de todos los presentes, nadó, dejando atrás su estratégica platea, dirigiéndose a la ribera contraria de la laguna de donde ellos se encontraban, para retomar su apreciado e indispensable baño de Sol. Ese era el gran momento que los rescatistas habían esperado durante todo ese tiempo.

Lehabim Alí y el hermano Mora reorganizaron la cacería, tratando que todos los movimientos para la captura se hicieran con extrema cautela y evitando alertar a la cocodrila chueka.

3:00 p.m. Miércoles 3 de octubre de 2007.

Los tramperos se colocaron estratégicamente, sin ser detectados, en distintos puntos de la rivera, acechando a su posible presa. Uno de los valerosos captores se prestó a servir de señuelo para tratar de distraer al colosal animal, tirándose al piso de la ribera frente a éste a escasos metros. La bestia, con las mandíbulas abiertas en toda su amplitud y un imperceptible movimiento de sus saltones ojos, siguió el movimiento y avance del héroe desconocido que se aproximaba a ella, sin embargo, la cocodrila chueka ni se inmutó, permaneciendo estática en el mismo lugar.

A una señal del Marajá, todos corrieron hacia la presa. El hermano Chorejas fue el primero en echarle su red, y detrás de éste siguieron el hermano Eslabón, el Papas, el Dhalai, el Marajá y la Salamandra, cayendo por encima del lomo de la cocodrila chueka, tratando de inmovilizarla. El hermano Lobo se incorporó al asalto llevando consigo un cordel que utilizaría para cerrar y enrollar las enormes fauces de la bestia, e igualmente un manto color negro para cubrirle los imponentes y saltones ojos. Mora y el Conejo, igualmente con unos cordeles, procedieron a atarle las patas por atrás del lomo; Mora ataría las delanteras y el Conejo las traseras. Todo estaba perfectamente bien planeado.

El combate fue agotador, puesto que el peso total sumado de los seis hombres que se le echaron encima era de aproximadamente 444.517 kg, versus los casi 630 kg de peso y fuerza brutal del animal. Cuando el tremendo reptil fue sometido por sus raptores dejó de luchar, quedándose quieto, como si asumiera su sobrentendida derrota. Inmediatamente procedieron a marcarla, colocándole, con una pinza especial, en una de las escamas dorsales de la cola, una placa con el número de serie UMA0606. Seguido de esto, también, con pintura especial de color rojo a prueba de agua, dibujaron una cruz en su lomo entre el cuello y la cabeza. La midieron desde la punta de la nariz hasta la punta de la cola, arrojando una lectura de 2.71 m de longitud. También determinaron y confirmaron su sexo; definitivamente se trataba de una formidable hembra. Calcularon su edad en función de su longitud total y longitud de cráneo, determinándola de 22 años, y sólo pudieron imaginar su peso, pues al intento de su captura y al tratar de levantarla entre los nueve hombres, apenas y lograron moverla unos cuantos milímetros. Lehabim Alí se encargó de realizar todas las anotaciones en la libreta de campo.

El Canelo se adentró en la laguna, rescatando de entre los altos juncos y tupidos matorrales a cinco pequeños lagartos, mismos que colocó dentro de un balde con agua.

Atañía ahora liberar y regresar al animal capturado a su acogedor recinto. Después de una tregua para recuperar las fuerzas, los rescatistas iniciaron la emancipación, pero ahora de forma inversa a la captura, despojando de toda atadura y vendaje de ojos a la feroz bestia, llamándole a esta operación: "Liberen a Elba Ester, la cocodrila chueka".

El gran saurio, al sentirse, libre literalmente saltó, corriendo con ávida rapidez y sorprendente agilidad a la laguna que reclamaba como suya, zambulléndose felizmente. Ese tres de octubre jamás se borraría de la memoria de aquellos hombres, quienes habían logrado su primera, y exitosa, captura.

9:00 p.m. Sábado 15 de diciembre de 2007.

Los días pasaron inadvertidos para estos nueve hombres, que al cabo de aquellas once semanas de aventuras en el estero se habían convertido en experimentados cazadores de cocodrilos, y sin tanta alharaca publicitaria de los noticieros de Televisca o los afamados programas de documentales de la Naturals Geograpics. Esa tarde regresaban a casa satisfechos haciendo entrega a Fernando Manzanas, Jefe y Coordinador General del programa "Rescate en el manglar, el registro completo de nueve aligátores maduros, más cinco crías que esperaban la aprobación de los permisos correspondientes (UMAS), para que pudiesen ser criados y cuidados por el Canelo hasta llegar a su madurez, al que se le había prometido este laborioso manejo de las crías; la condición de la Secretaría de Medio Ambiente y Recursos Naturales para llevar a cabo esta actividad fue que se hiciera dentro de las instalaciones de El Oasis del Talibán.

10:30 p.m. Sábado 15 de diciembre de 2007.

En el campamento El Oasis del Talibán, Lehabim Alí y su asistente, el hermano Mora, eran objeto de una entusiasta fiesta de bienvenida organizada por la señorita Yolanda Puchekas, la hermana Malú y el Nazareno. La noticia del regreso de los rescatistas al pueblo fue un reguero de pólvora que alegró a todos. Los organizadores, previo a la llegada de estos intrépidos hombres, pidieron a sus familiares que se presentaran con ellos en el campamento El Oasis del Talibán; igualmente se lo habían solicitado a Papá Tortuga para que hiciese acto de presencia en el festejo.

Corrían las viandas de cebiche de peto que tanto le agradaba comer al Marajá; había cocteles de toda clase de mariscos, manitas de cangrejo y deliciosos frijoles negros con chorizo, y las bebidas no podían faltar, puesto que podían verse a un lado de la cocina, dentro de tres garrafones, deliciosas aguas frescas de maracuyá, horchata y limón, una enorme hielera repleta de cervezas y varias botellas de ron cubano.

La música era amenizada por el Chavita, el Onorio y el Félix, mejor conocido como el Filis, pues se rumoraba que había nacido con una sífilis congénita trasmitida por su madre; de ahí le surgió el mote de el Sífilis, que con el tiempo sólo quedó en Filis. En fin, regresando a nuestro relato, ellos tres eran ex integrantes de la también ex "Sonora Tecolutla", así que con el apoyo y acompañamiento de otros jóvenes músicos dieron rienda suelta a sus cadenciosas notas.

Los encargados de tomar las fotografías del recuerdo fueron el hermano Najhum y su hijo, Najhumcito.

La celebración se prolongó hasta muy entrada la noche; el Marajá aguantó hasta que su amigo Fernando Manzanas se retiró del lugar acompañado por su señora esposa, doña Irma Galvaín.

1:30 a.m. Domingo 16 de diciembre de 2007.

Aunque aquellos difíciles días de duras faenas en el manglar habían mantenido a Lehabim Alí demasiado abstraído, sin darle oportunidad de acordarse de su bella dama de Ginebra, esa madrugada, nada más al penetrar en su habitación a descansar plácidamente, al ver el ordenador sobre su mesa de trabajo no tuvo el valor de resistirse al impulso de conectar con ella vía correo electrónico y escribirle unas notas. En ese momento recordó la BAM de Yuzzasell, unidad de banda ancha móvil que había servido únicamente para dos cosas: para nada y para cuidar que no se le fuera a extraviar. Posteriormente la regresaría a Electrakacos, esperando la devolución de su dinero. Hurgó entre los "triquis" que aún tenía en su mochila y sacó de ésta el mega chafa aparato que se encontraba aún en su estuche perfectamente bien empacado. Se presentaría más tarde en la tienda, presentando su reclamo. En esos pensamientos estaba cuando, sin saberlo, se quedó profunda e involuntariamente dormido.

11:40 a.m. 16 de diciembre de 2007.

Ese mismo día, Lehabim Alí presentó su queja y comprobó la ineficiencia del aparato a Electrakacos, regresándola impecable a la gerente de la tienda, la Lic. Belem Buenascurvas, y claro, naturalmente, esperaba la devolución de su dinero.

Las posadas y fiestas navideñas habían llegado y las vacaciones estaban a la puerta, coloquialmente sea dicho, pero a Lehabim Alí no le preocupaba esto, pues estaba muy contento por el trabajo administrativo desarrollado por la señorita Puchekas en su ausencia y confiaba plenamente en que la Yolis podría seguir haciéndose cargo del puesto, aunque él estaría ahí para auxiliarle en la toma de decisiones y, con su fiel asistente, el hermano Mora, la supervisión de trabajadores y mantenimiento en general; de tal modo que le quedaría tiempo para su intercomunicación con su bella dama colombiana.

11:55 p.m. 16 de diciembre de 2007.

Esa noche, Lehabim Alí encontró en su correo un nuevo mensaje que simplemente decía: "¿Qué más, mexicano? ¿Acaso usted no desea hablar más conmigo? Creí que teníamos un compromiso y que usted me invitaría a conocer su país. ¡*Ciao*!

Durante esos siguientes 15 días de vacaciones, el Marajá se conectaba al correo por internet todas las madrugadas, enviando un sinnúmero de mensajes a su bella dama colombiana, pero sin obtener respuesta. Una vez más maldijo a la chafa BAM de Yuzzasell y se recriminaba a sí mismo cómo pudo haber caído en las garras de esos pillos de las tiendas Electrakacos. Ni hablar, las cosas ya estaban así; no había más remedio que seguir intentando localizarla y hasta pensó: «¿Por qué no ir a buscarla hasta Colombia?». Después de todo, recordó que en una de sus anteriores y múltiples conversaciones, la bella colombiana le había facilitado una dirección en Bogotá; al parecer algo sobre el CUAN Antonio Nariño (Centro Urbano Antonio Nariño), de modo que se dedicó a remover en el correo todas aquellas conversaciones del pasado. ¡Yuuuuuuupppiiiiiiiiiiiiii! Sí, allí estaba la dirección completa. El CUAN se encuentra en la calle 22 F con carrera 40, edificio número…, apartamento número…, entrada número…, Bogotá, D.C., al nororiente de la localidad de Puente Aranda (frente a CORFERIAS). Ese correo había sido enviado a Lehabim Alí el martes 21 de agosto de 2007.

6:30 a.m. Jueves 17 de enero de 2008.

La idea de viajar a Colombia se había convertido ya en una obsesión para Lehabim Ali y cada día que pasaba se agolpaba más, y más, y más, en sus pensamientos, aunque mantenía una relación interesante y cómoda con la señorita Yolanda Puchekas. Sin embargo, el Marajá estaba resuelto a buscar a Blanca Luz 153 antes de que otro impensado acontecimiento le impidiera viajar, así que inició tomando sus debidas precauciones. Primero tendría que definir una fecha para viajar; segundo, establecer el plazo que se daría para encontrar a la susodicha dama en Bogotá; tercero, comunicárselo a su familia, y cuarto y último, hacer que la Yolis y el hermano Mora se comprometieran a velar por el buen manejo, expiación, desarrollo y administración del campamento El Oasis del Talibán durante su ausencia.

CAPÍTULO XII

Jesús, apiádate de ellos

8:30 a.m. Sábado 29 de marzo de 2008.

El tiempo trascurría y los meses pasaban rápidamente. Después de todo el ajetreo que hubo por las celebraciones patrióticas del 18 y 21 de marzo, las vacaciones de Semana Santa, y muchas actividades más, agregando a todo esto el (valga la redundancia) afanoso afán por encontrar en el correo alguna pista o indicio de vida de su interlocutora, la colombiana Blanca Luz 153, finalmente, el Marajá pensó que lo mejor sería olvidarse ya de ese asunto y dejar que fuera el destino el que asentara las condiciones.

El Marajá, su administradora, la señorita Yolanda Puchekas, y su asistente, el hermano Mora, desayunaban tranquilamente en el comedor del campamento, degustando los deliciosos platillos preparados por la hermana Malú y la Quika. Fueron atendidos por el siempre taciturno, sereno y juicioso hermano Nazareno, y al mismo tiempo disfrutaron de aquel marco maravilloso que la naturaleza les otorgaba, exhibiendo para ellos toda esa grandeza y belleza del Mar del Golfo de México, con sus entrelazados tonos azul intenso y verde esmeralda combinándose para resaltar su belleza.

Al mismo tiempo, el Marajá reflexionaba cuánto amaba su isla y cuánto aprecio sentía también por todos aquellos amigos nativos del lugar, a los que cariñosamente les hacía llamar hermanos. Muy difícil sería para él tener que renunciar a todos estos apegos. Por un lado, se aferraba a declarar que allí en la isla tenía hecha su vida, e igualmente allí mismo terminarían sus días, por otro lado, circulaba por su sangre una sensación extraña que, a pesar de sus años y experiencias vividas, le atormentaba y tiraba de él con una inexcusable fuerza que le creaba día con día la obsesión de encontrarse con su dama colombiana, sólo que no sabía cómo explicárselo a él mismo y a sus amigos. ¿Qué podría decirle a la Yolis, quien tanto le apreciaba, o al hermano Mora, quien lo respetaba como a un padre, y a toda aquella caterva de cabrones que él mismo había rescatado del alcoholismo y la drogadicción, dándoles su amistad, trabajo, y, sobre todo, a sus amadas jades y a sus nietos? «¿Cómo hacerlo?», se preguntaba.

En un arranque involuntario, el Marajá se paró de su silla, soltándoles a quemarropa:

—Me voy de aquí, queridos hermanos y amigos míos.

La señorita Puchekas se sobresaltó de su asiento y quedó callada por la tan sorpresiva manifestación de su jefe, el Marajá; mientras que el hermano Mora, con una reacción más pausada, preguntó:

—¿A dónde vas, oh, gran Marajá? ¿En dónde puedes ser más querido?

—Me voy del campamento, me voy de la isla, me voy de Tecolutla, me voy de México. Me voy sencillamente, me voy. Y no sé cuándo volveré, amigos… Tal vez nunca lo haga —recalcó Lehabim Alí.

Fue entonces cuando el hermano Mora también enmudeció.

—Yolis, quiero que tú sigas con la administración del campamento y que el hermano Mora te asista en todas las cosas que requieras —expuso el Marajá—. Por medio del teléfono y correo electrónico me mantendrás informado de las necesidades y acontecimientos en El Oasis del Talibán —instruyó el Marajá—, solamente que en las decisiones fundamentales tomaré parte, todo lo demás lo resolverás tú junto con el hermano Mora. ¿De acuerdo?

Todo esto era tan repentino y confuso que ninguno de los tres volvió a soltar una palabra. En esos momentos, un aire de melancolía inundaba todo ese lugar. La señorita Puchekas fue la primera en pasar a retirarse, despidiéndose de ellos tan sólo con un ademán desganado o, más bien, con un fingido aire de alegría, aunque en sus ojos se alcanzaban a notar el brote de unas lágrimas. Dejó solos en la mesa al Marajá y al hermano Mora.

—Marajá, te conozco bien, hermano, sé que algo muy grueso te traes. ¿Por qué no me lo cuentas todo?

Lehabim Alí lo miró, en silencio bebió los últimos sorbos de su jugo de naranja, y le dijo:

—Mora, voy a Colombia a encontrarme con Blanca Luz 153. Ella es una dama que me ha hecho cambiar todos mis planes. No sé lo que pueda suceder; tal vez me rechace o tal vez no logre localizarla. Lo único que tengo para ubicarla es… una dirección en Bogotá. Tengo todas mis esperanzas apostadas en esa tarea.

El asistente Mora no podía creer que su jefe, el Marajá, pudiera o fuera capaz de botar todos los proyectos y las cosas ya logradas solamente por ir a seguir un par de nalgas, habiendo tantas allí. Tan sólo se trataba de una simple mujer, pero eso de ir a otro país tan lejano le pareció una reverenda pendejada y se tuvo que morder los labios para no escupirle al Marajá por lo estúpidamente egoísta que le parecía su comportamiento. Pero calló porque, finalmente, el Marajá haría su voluntad y aún seguía siendo su jefe, dejando de lado la amistad, y, como él siempre lo manifestaba, lo respetaba como a un padre.

10:30 a.m. Viernes 4 de abril de 2008.

Llegó el día de partida de Lehabim Alí de su amada isla. Se despidió de sus socios, la señorita Puchekas y el hermano Mora, quienes se harían cargo de El Oasis del Talibán, y de Fernando Manzanas. También se despidió de todos los hermanos y de sus compadres, el Negro Hilario y su señora Jivooné, alias doña Pelos, de Karolina, alias la Canica, administradora del hotel El Tecolote, la hermana Malú, la Quika y otros tantos más.

El hermano Nazareno llegaba en ese momento, distraído como siempre y sumergido en su mundo de sueños. Se acercó al Marajá y le dijo:

—Arbanus, que le vaya bien en todas las cosas que tiene y que realice de hoy en delante… y sea Dios quien le acompañe y le cuide.

El Marajá, que era severamente incrédulo a las creencias y bendiciones de Allah, Dios, Buda, Jehová, Yhavé, Tetragrámaton, Buda, etc., no prestó importancia a las últimas palabras del hermano Nazareno e irónicamente le contestó:

—Bien, muchas gracias por tus deseos. Pero entonces también hazme un favor —siguió hablando—. Yo me voy y se quedarán solos, no sé qué harán sin mí, así que, Nazareno, ¿o debo decirte… Jesús? Apiádate de ellos.

Y sonriente, Lehabim Alí trepó a su poderoso bactriano motorizado rumbo a la ciudad capital de México: D.F. (Distrito Federal).

CAPÍTULO XIII

México, D.F. y la señorita salmonella

10:00 a.m. Martes 8 de abril de 2008.

Lehabim Alí se había instalado ya en su cómodo departamento al sur de la Ciudad de México, D.F. Desde ahí había permanecido en contacto telefónicamente, y por medio de correo electrónico, con sus socios en la isla. Sus horas de oficina se extendían por varias horas al día y aprovechaba ese recurso para mantener abierto el "msn messinger", esperando recibir algún mensaje de su bella colombiana. Le notificó a sus hijas del probable viaje a Bogotá, Colombia. Su propósito, naturalmente, no les agradó a sus hijas y tampoco estuvieron de acuerdo, pero como ya conocían de las tremendas alocadas que agarraba su señor padre, y sus ondas existenciales y filosóficas, no tuvieron más remedio que desearle suerte.

Lehabim Alí consultó en varias aerolíneas para la adquisición de su ticket de vuelo, pues siempre era muy importante para él justificar los costos, y buscaba siempre los más "baratus", quiero decir, los más económicos, pues como él siempre decía, no le agradaba que los ofertantes de servicios le vieran la cara de "baisano bandejus" y pagar más por lo mismo.

Finalmente, después de una exhaustiva búsqueda en todas aquellas aerolíneas que volaban rumbo a Colombia, se decidió por la compañía aérea Mexicana de Aviación, quien le ofreció los mejores servicios y las tarifas más baratas, programando su vuelo para mediados del mes de mayo.

Los días de abril pasaron con toda normalidad y sin contratiempos. Lehabim Alí atendía los negocios desde el D.F., dando recomendaciones a sus socios sobre cómo llevar los asuntos en el campamento El Oasis del Talibán. Alternaba igualmente con algunos asuntos más de su gremio de jubilados y compartía mucho de su tiempo con la familia, sin embargo, ciertamente, la obsesión de coincidir en el chat con la colombiana poco a poco había ido en disminución, aunque no descartaba la posibilidad de encontrarse con alguna noticia; hasta había considerado cambiar el destino del viaje a otro país, pensando tal vez en Uruguay, Chile, Argentina o quizás Marruecos, la India o China. Hasta platicó con sus amigos, los hermanos Jimmy y Alfred, para realizar juntos el viaje, de modo que, en una charla, los tres viejos amigos optaron por un viaje a la república de Argentina.

11:05 a.m. Sábado 3 de mayo de 2008.

Una vez más, Lehabim Alí entraba al correo electrónico para ponerse al tanto de cómo iban las cosas en el campamento El Oasis del Talibán. Instintivamente, o quizás por mera costumbre, abrió el chat en su "msn" y en éste aparecía un nuevo mensaje de aquella mujer colombiana que tanto había estado rastreando. Ella le hizo el envío de más fotografías con su mamá, hermanas e hijas y le escribió diciéndole: "Hola, mi amore, espero que leas este mensaje. Yo estuve en mi pueblo, en la casa de mis padres, pero fue necesario volver a Bogotá por la escuela de mi hija menor. Sin embargo, unos días después tuvimos que regresarnos de urgencia para Ginebra, pues me avisaron que mi padre se había puesto muy grave. Fueron días muy difíciles para mí y para la familia. Mi padre estuvo muy enfermo, lo mantuvieron con tanque de oxígeno todo el tiempo, pero finalmente falleció los últimos días de abril. Yo me sentí muy deprimida y no quería saber de nada, de nadie, ni siquiera de usted, pero mi mamá me dijo que tenía que darme una oportunidad y viajar a México para conocerle. Estaré aquí en mi pueblo hasta que pase el Festival de Música Andina del Mono Núñez, que será del 30 de mayo al 2 de junio, y el 5 de junio, que es el día de mi cumpleaños, lo pasare acá con mis gentes".

El mensaje era muy extenso y Blanca Luz le describía a detalle todos los acontecimientos que estaban pasando y los que habían pasado; al mismo tiempo le proponía a Lehabim Alí viajar para esas fechas al Festival del Mono Núñez y pasarlo juntos. Una vez más, los planes le cambiaban a Lehabim Alí. Ahora tendría que hacer todo lo posible por convencer a sus amigos, Jimmy y Alfred, para reprogramar el viaje y en lugar de viajar a la república de Argentina, viajar para Colombia.

8:30 a.m. Viernes 9 de mayo de 2008.

Esa mañana, Lehabim Alí sintió un gran mareo al incorporarse de su cama. La visión se le dificultaba y los escalofríos le hacían rilar con fuerza, sintiendo nauseas que fueron seguidas por fuertes convulsiones. Al llegar al baño para ducharse, al asomarse al espejo vio una imagen inesperada que lo dejó atónito. Su rostro estaba completamente hinchado, los ojos se le perdían entre los párpados inflamados, sus labios se parecían a los labios de la raza zamba y, además, el color de la piel en la cara se tornó de una palidez exótica y con tonalidades desde el color verde aguacate, violeta, naranja hasta llegar al rojizo mellado.

También miró con cierta dificultad los brazos y manos, que igualmente presentaban hinchazón, haciendo que las venas se le resaltaran como si tuviese enredados los brazos con una red de sucios cordeles para maroma. Él aún no se daba cuenta de que la frecuencia de las pulsaciones cardiacas se encontraba a ritmo acelerado.

Fue tal la impresión que sintió que las piernas no le ayudaban a sostener su masa. La visión cada vez se hacía más reducida y borrosa. Quiso tomar la perilla de la puerta del baño, pero fue inútil; sus manos habían engordado tanto que parecían dos mega tamales, como unos zacahuiles. No podía ni siquiera doblar los dedos, no teniendo más remedio que llamar a su jade Erandy para que lo socorriera, sacándolo del baño. Sin duda algo grave y extraño le sucedía. Se recriminó por no haber concluido el tratamiento contra el dengue que había adquirido meses antes.

12:00 a.m. Viernes 9 de mayo de 2008.

El médico de una clínica particular revisaba los exámenes arrojados por el laboratorio y los signos vitales de Lehabim Alí. Las enfermeras ya lo tenían canalizado, como si se tratase de un alfiletero de costura. Todas sus jades lloraban en el corredor de la sala de espera del hospital, esperando noticias sobre la salud eminentemente mal de su padre. Por fin, el matasanos, un hombre relativamente joven, salió a dar el informe sobre el estado del paciente a sus llorosas hijas, diciéndoles:

—Por el momento, el señor se encuentra estable, pero lo mantendremos en observación las siguientes 24 horas.

—¿Cómo? ¿Nada más así viene a decirnos únicamente eso, doctor? Eso no es un informe. ¿Acaso no sabe qué es lo que tiene mi padre? ¡Mé-di-cooo! —reclamaba la jade Erandy, que era una mujer brava y de pocas pulgas.

El médico, de la manera más correcta, giró 180 grados y se alejó sin mediar ni una sola palabra más. La jade Erandy se arrancó tras del médico, que apresuraba su paso, pero fue interceptada y detenida por sus hermanas Mirelli y Betsada.

—Eh, quieta, mujer —al unísono le increparon ambas hermanas—. ¿A dónde crees que vas? Cálmate, las cosas no se arreglan así; sencillamente hay que esperar el tiempo que dio el doctor.

2:45 p.m. Sábado 10 de mayo de 2008.

Habiendo pasado más de 24 horas, por los pasillos del hospital se observaba un constante ir y venir de camillas y personas, médicos y enfermeras vestidos de blanco, afligidos familiares acompañando a sus enfermos y otros esperando en los módulos de información. Y entre este tumulto de gente se hallaban las señoras Gómez, que esperaban también algún informe. De pronto, de la nada, por así decirlo, apareció ante ellas un hombre maduro portando una pulcra e impecable bata blanca. El hombre de aspecto sereno preguntó, dirigiéndose a todos los ahí presentes:

—¿Familiares del señor Alí?

—Sí, aquí doctor. Somos las hijas del señor Alí —repuso Mirelli.

—Hola, soy el Dr. Juan Carlos Núñez —contestó el médico y continuó—. Los primeros resultados practicados al señor me arrojan un cuadro con mal pronóstico, ya que sus leucocitos son demasiado elevados. El laboratorio contó hasta 25000 U por mm². No me explico cómo aún mantiene el ánimo el señor Alí, sin embargo, debemos realizar nuevos estudios de laboratorio para confirmar que nuestro pronóstico sea el correcto; por ahora podrán pasar a verlo en cuanto se le asigne cama —concluyó el galeno, retirándose tranquilamente hacia la sala de terapia intensiva, donde, por el momento, se encontraba Lehabim Alí.

Las tres mujeres enmudecieron, se abrazaron entre ellas e irrumpieron en llantos nuevamente.

7:35 p.m. Sábado 10 de mayo de 2008.

Había oscurecido ya y Lehabim Alí reposaba en una cama del Hospital Arcángeles del Peñasco. Para ese momento se encontraba un poco menos hinchado y con buen ánimo. Platicaba con sus jades, que, de igual manera, se habían ya tranquilizado, viendo en su papá una ligera mejoría. También habían llegado a visitarlo los hermanos Jimmy y Alfred.

El Dr. Juan Carlos Núñez, médico de cabecera y encargado de la salud de Lehabim Alí, les anunciaba la necesidad de mantener hospitalizado al señor Alí por algunos días más para realizar una serie de estudios de laboratorio necesarios y determinar con precisión el padecimiento que lo aquejaba. Al escuchar esto, Lehabim Alí saltó como si hubiese sido impulsado por un resorte y protestó.

—¡Nooooo, eso no! ¿Cómo cree usted, doctor, que yo me voy a quedar aquí? Tengo muchas cosas que atender.

Sus jades y los hermanos Jimmy y Alfred lo miraron con incertidumbre, pensando: "¿Qué cosa tendrá en mente este pinche viejo que sea más importante que su propia salud?".

Y como siempre sucedía, su hija Erandy arremetió en reclamaciones contra su padre.

—¿Sabes qué, padre? Yo no voy a esperar a que te pongas peor o que te mueras, así que lo siento mucho, pero aquí te quedas.

El médico intervino sutilmente, tratando de suavizar los ánimos con una pregunta para Lehabim Ali.

—Sr. Alí, ¿estaría dispuesto en este momento de incorporarse y dar unos pasos hacia la ventana de la sala y regresar hasta aquí?

Todos los ahí presentes, una vez más, llenaban de incógnitas sus pensamientos. ¿Y ahora qué plan tenía en mente ese disparatado médico?

La ventana propuesta por el médico se hallaba entre los nueve y 12 metros de distancia, de modo que Lehabim Alí debía cubrir alrededor de 18 a 24 metros de ida y vuelta caminando… Fue entonces que comprendieron que el médico trataba de comprobar si el paciente sería capaz o no de superar esa prueba.

El paciente se incorporó de la cama, las enfermeras de inmediato colocaron todas las canalizaciones en una torreta portadora de sueros y el paciente comenzó su recorrido de 24 metros. Los primeros pasos fueron torpes porque las sandalias se le salían de los pies, que aún seguían levemente hinchados, pero, zanjando el insignificante escollo, se dirigió con paso normal hasta la susodicha ventana, giró y, de igual manera, sin ningún contratiempo, llegó al mismo sitio de su partida. Médico, enfermeras y visitantes quedaron sorprendidos por la agilidad en que Lehabim Alí había sorteado ese recorrido. El médico, queriendo asegurarse, le pidió a su paciente que diera unos brincos, lo que el paciente realizó sin problemas.

Fue entonces que el médico releyó el informe del laboratorio, llamó al yerno del paciente, quien era el señor Jónnas, esposo de Mirelli, y el médico le expuso que su suegro, el señor Lehabim Alí, presentaba una inflamación severa en la próstata y el pronóstico preliminar los conducía a pensar en un cáncer de próstata, que se había expandido ya a nivel cardiocirculatorio. Lo único que restaba era esperar a que se presentara la fase terminal, seguido de esto se dirigió nuevamente al paciente y le sugirió:

—Señor Alí, debo hacerle algunos estudios más y me gustaría que aceptara quedarse hospitalizado aquí con nosotros, para evitarle el ir y venir todos los días al hospital.

—Mire, mi apreciado galeno, muchas gracias —respondió Lehabim Alí—. Usted quede en paz, yo prefiero dar vueltas que quedarme aquí; los hospitales me deprimen. Y si me voy a morir, quedándome aquí me moriré más rápido.

Naturalmente, al oír esta respuesta, las jades de inmediato lo sermonearon con una sopa de reclamaciones, según ellas por su falta de amor propio y consideración para ellas, pero Lehabim Alí, como el clásico hijo desobediente, ni las "peló". Se acercó a su yerno, Jónnas, pidiéndole entonces que fuera él quien se encargara de transportarlo al hospital durante todos los días que fueran necesarios para realizarse los estudios requeridos por el galeno; de modo que el Dr. J.C. Núñez y sus jades, sin tener más, opción tuvieron que aceptar sus condiciones. Finalmente, era al mismo Lehabim Alí al que le tocaría pagar los platos rotos.

5:30 p.m. Viernes 16 de mayo de 2008.

A casi una semana de haber iniciado con los estudios, por fin estos concluían. El Dr. J.C. Núñez anunciaba a Lehabim Alí y a su yerno que los resultados completos estarían listos dentro de los siguientes tres días, para el lunes 19. Les comunicó que para mayor comodidad los enviaría vía correo electrónico a la cuenta del Sr. Jónnas e instruyó al paciente sobre el reposo que debía guardar, el tipo de alimentación y la dieta estricta a seguir, y sugirió al Sr. Jónnas vigilar atentamente el comportamiento y los cambios en la evolución del paciente. Además, pidió que se cumpliera con la ingesta de los medicamentos del tratamiento en los horarios y cantidades establecidos, sin embargo, el paciente no daba señales de progreso, pero tampoco de retroceso. Era algo demasiado extraño: Lehabim Alí parecía estar en un estado de balance o meditación orgánica normal, aunque su adelgazamiento se hacía cada vez más evidente, pero sin que su entusiasmo decayera.

El esperado día lunes 19 de mayo había llegado y con éste llegaron también, al correo electrónico del Sr. Jónnas, los resultados finales de los estudios realizados en el Hospital Arcángeles del Peñasco a su suegro, el Sr. Lehabim Alí.

7:00 p.m. Martes 20 de mayo de 2008.

Ese día, extrañamente habían estado llegando desde muy temprano al departamento de Lehabim Alí los hermanos Jimmy y Alfred y todas sus jades, excepto su jade Erandy, quien ahí vivía con él, pues habían sido citados por el Sr. Jónnas, quien notificaría a la familia, los amigos y al mismo Lehabim Alí sobre su estado físico y de salud.

—Malas noticias —anunció Jónnas—. Mi suegro presenta un aumento constante en sus leucocitos y esto parece indicar que, a pesar del tratamiento y de los antibióticos que se le han suministrado, la infección en todo su organismo se propaga sin detenerse. Harán nuevamente estudios, pero parece ser que mi suegro tiene un avanzado daño tisular… Se cree que se trata de un cáncer en la próstata.

Todos los presentes se miraron sorprendidos; no se atrevían a expresar nada. Los pequeños nietos de Lehabim Alí eran los únicos que traían una gran tertulia y jugueteaban por todos los rincones de la sala, pasillos y habitaciones, sin tomar la más mínima importancia de lo que ocurría.

Jónnas continuaba dando el informe cuando, repentinamente, uno de los latosos chamacos, trepado en un triciclo, fue a dar contra el filo de la pared, abriéndose un boquete en la frente, dando unos berridos más fuertes que un perro atropellado. Esto ocasionó que los adultos reaccionaran saliendo de aquellos momentos de entumecimiento. Lehabim Alí fue el primero en acudir a auxiliar al pequeño Mohandis (el ingeniero), como él nombraba al nieto con el que vivía, hijo de la jade Erandy. Sin pensarlo más, Betsada y Erandy tomaron al pequeño y salieron rumbo al consultorio del experimentado Dr. Makeo, quien había dado consultas y realizado curaciones de medicina externa a toda la familia, habiendo consultado a los abuelos, los padres, las hijas y ahora los nietos, de tal modo que, cariñosamente, Lehabim Alí lo había bautizado con el mote de "Don perpetuo".

Después de este efímero incidente, la conversación nuevamente retomó el tema, pero al término del informe que daba Jónnas se hizo un silencio por algunos minutos. Fue entonces cuando el hermano Jimmy retomó la palabra y dijo:

—Hermano Lehabim Alí, tienes que atenderte. Esto te dice que debes suspender por ahora tu visita a Colombia. Comprende que tu estado de salud por ahora no es favorable y no debes viajar.

—Es que no puede ser, hermanos Jimmy y Alfred. Yo tengo que estar allá, se lo prometí a Blanca Luz 153.

—Sr., usted no puede viajar —interpuso Jónnas—. Su jade Mirelli y yo hemos hecho ya la cancelación de su viaje y quedó abierto para nueva fecha; tiene un año de vigencia. No se preocupe y usted discúlpenos.

—¡Ehhhh!... ¿Quééé? Pero, ¿cómo creen? Si esto no es tan fácil. ¿Qué voy a hacer?

El hermano Jimmy, el hermano Alfred, Jónnas y Mirelli, como si cantasen en el mismo coro, soltaron al unísono: "No debes viajar". Y remataron con un guiño, levantando los hombros en señal de incógnita.

10:30 p.m. Sábado 31 de mayo de 2008.

Con la salud delicada y el viaje cancelado a Bogotá, Colombia, Lehabim Alí se había comunicado a diario con su amada Blanca Luz. Ella ya había sido puesta al tanto vía correo electrónico (e-mail), por el hermano Jimmy, de la enfermedad progresiva que padecía su amigo y hermano Lehabim Alí, pasándole todos los pormenores y detalles a Blanca Luz 153.

Por lo tanto, el par de tortolos a distancia se prometieron amor eterno e hicieron planes de, para cuando Lehabim Alí restableciera su salud, casarse en Colombia y comprar una finca a las orillas de Cali, muy cerca de la "Buitrera", que es un lugar rural de la campiña en el Valle del Cauca, con todas las comodidades y cercano a la ciudad.

6:45 p.m. Jueves 17 de julio de 2008.

Blanca Luz se comunicaba vía telefónica desde la ciudad de Cali, donde se encontraba visitando a su hermana mayor. Ese día, la Luna se manifestaba una vez más en su fase de Luna llena, con un brillo y magnificencia como nunca otras veces podía verse en el cenit del cielo, y sin dificultad debido los reflejos de las luces de los arbotantes en la calle o nubes que lo impidieran. Pidió a Lehabim Alí que se conectara al correo y, además, que activara la cámara web de su PC porque deseaba que él viera y escuchara lo que ella quería expresarle a través de una melodía y la Luna llena.

Ante su hermana y familia, Blanca Luz se colocó frente a la cámara web de su PC alternadamente con un video musical de la famosa y exitosa cantante mexicana Ana Gabriel interpretando la canción *Luna*. Blanca Luz notaba a través de la pantalla de su PC a un hombre visiblemente acabado, que poco a poco se había ido consumiendo. Era evidente ya el exagerado adelgazamiento y el color verde de la piel y el rostro huesudo de Lehabim Alí. En contraste, Lehabim Alí miraba en la pantalla de su PC a una mujer entusiasta, hermosa, llena de vitalidad y con una mirada cautivadora que lo invitaba a desear con todas las fuerzas de su corazón el recuperarse y a no dejarse vencer. Ella lo estimulaba diciéndole que lo amaba y esperaba lo más pronto posible, agregando a sus palabras una franca sonrisa y enviando un beso con la expresión de su rostro y el movimiento de sus manos.

8:45 a.m. Domingo 27 de julio de 2008.

Lehabim Alí paseaba por los jardines del condominio donde vivía, acompañado siempre de su jade Erandy y su nieto Mohandis, y ayudado por un bonito, resistente y ligero bastón de metal, el cual no viene al caso describir. Estando allí en los jardines tomando el Sol mañanero coincidió sorpresivamente con su sobrina Miriam Gómez, quien hacia escasamente tres años y medio se había graduado con excelente promedio en la carrera de medicina. Miriam se encontraba aún haciendo su servicio profesional en la Cruz Roja. Al ver a su tío en tan pésimas condiciones le preguntó cuál había sido el diagnóstico médico y cuál era el tratamiento que había sido indicado por los médicos que lo atendían. La jade Erandy le comentó toda la información a la Dra. Miriam, y ésta le pidió que llevara a su papá a su consultorio para hacerle algunos estudios, pues lo que Erandy le describía no le parecía congruente por los síntomas que presentaba el tío Alí.

—¡Oh no! ¿Más estudios? —refunfuñó nuevamente Lehabim Alí.

4:00 p.m. Miércoles 6 de agosto de 2008.

Los análisis solicitados por la Dra. Miriam no fueron otra cosa más que el hemocultivo de las reacciones febriles, pues el diagnóstico presentado por el Hospital Arcángeles del Peñasco discrepaba totalmente del suyo. Ahora tenía en sus manos sus propios resultados del estudio, comprobando que, efectivamente, el diagnóstico de sus sospechas sobre la enfermedad que afectaba a su tío Alí era el correcto.

Miriam se pondría en contacto con la jade Erandy para que reuniera a la familia e hicieran una visita por la noche al departamento de su tío Alí, para darles a conocer la noticia sobre la verdadera enfermedad que aquejaba al ya famélico, deprimido y abatido Lehabim Alí.

9:30 p.m. Miércoles 6 de agosto de 2008.

La familia y amigos de Lehabim Alí se habían reunido esa noche, como se los pidió la Dra. Miriam en voz de la jade Erandy. Aproximadamente 15 minutos más tarde de la hora convenida, la Dra. Miriam hizo su aparición en el departamento donde ya todos la esperaban con impaciencia.

—Jónnas, queridas primas y amigos —les manifestaba Miriam a todos ellos—, los resultados de los estudios que solicité al laboratorio de la Cruz Roja y que ahora tengo en mi poder me dicen, de alguna manera, que podemos tranquilizarnos, pues el paciente al que todos nosotros tanto queremos, afortunadamente, no padece de cáncer. Sin embargo, aún no está fuera de peligro, puesto que se ha manifestado según en estos estudios una severa infección de fiebre tifoidea… ¡Salmonella! Para ser precisos; la que, por cierto, no se diagnosticó y trató a tiempo, por lo tanto, los antibióticos suministrados no han cumplido con la finalidad esperada para combatir la infección. Por esa razón se ha complicado y multiplicado la proliferación de glóbulos blancos, atacando el propio organismo del paciente y agravando su padecimiento.

—¿Pero cómo es que contraje esa enfermedad, Miriam? —preguntó Lehabim Alí—. Para todo me lavo bien las manos y siempre antes de comer cualquier cosa.

—Tío, ¿cualquier cosa? ¿Y qué es para ti cualquier cosa? Seguramente comiste algún alimento contaminado que se incubó en tu organismo, provocando este mal. Haz memoria. ¿Qué comiste? —repuso la Dra. Miriam a su tío.

—Que yo recuerde nada fuera de lo común —respondió Lehabim Alí a la joven doctora—. ¡Ahhhh! A menos que hayan sido los ostiones que comíamos todos los días allá en la laguna de la cocodrila Elba Ester.

—Pero ¿cómo? ¿Acaso no los lavaron antes de comerlos? ¿O cómo los preparaban? —preguntó la Dra. Miriam.

—¿Cómo crees? No había cómo lavarlos y tal cual los sacábamos del estero, solamente les dábamos una leve enjuagada para quitarles un poco de lodo y algas, los abríamos con el cuchillo, les rociábamos limón, sal y chile chiltepín y pa' dentro. Así los consumíamos —dijo Lehabim Alí.

—Qué asco, qué barbaridad, tío. Y túúúúúú que eres tan escrupuloso. ¿Cómo pudiste hacerlo?

—No lo sé, tal vez las circunstancias me obligaron a solidarizarme con los muchachos de la brigada de rescate.

—Bueno, ¿y qué es recomendable hacer por ahora, Miriam? —intervino la jade Mirelli.

—Por ahora, el tío debe de guardar absoluto reposo. Cambiaré el medicamento actual por cloranfenicol. Espero no equivocarme. Su dieta será fundamental, así como la reposición de los líquidos perdidos, el consumo de alimentos astringentes, como lo son sueros orales, infusiones de té de manzanilla, y el evitar las frutas y verduras crudas, con excepción de las que sean astringentes, así como las legumbres, productos integrales y todos aquellos alimentos que contengan altas cantidades de fibra. También es recomendable que los alimentos se los preparen de manera suave, o sea, hervidos, guisados o en loncha con la menor cantidad de grasa posible y sin condimentos.

—¡Sí, sí, Miriam, sí! Pero, por favor, danos nombres de lo que tiene que comer mi papá —reprochó jade Betsada.

—Ja, ja, ja. Está bien, primita. Los más aconsejables son: arroz, papas, zanahorias cocidas, pan tostado, manzana rallada, pollo o pavo sin piel, pescado blanco hervido o a la plancha, yogur natural, suero oral, abundante agua natural e infusiones no diuréticas o laxantes.

Las instrucciones dadas a la familia por la Dra. Miriam se llevaron al pie de la letra, aunque el único que repelaba por todo fue Lehabim Alí.

9:40 p.m. Lunes 11 de agosto de 2008.

A cinco días de iniciado el nuevo tratamiento, las condiciones de salud del paciente comenzaban a dar reflejos de mejoría. El ánimo de Lehabim Alí regresaba lentamente y el apetito ganaba ventaja. A pesar de las circunstancias pasadas durante todo el desarrollo de su padecimiento, Blanca Luz y él no dejaron de comunicarse; ahora ellos especulaban sobre la fecha en la que Lehabim Alí se recuperaría por completo, y entonces ya podría viajar a Colombia. Ella había regresado de su natal Ginebra al departamento de Bogotá en los edificios del CUAN; su padre había fallecido, pero ella debía continuar con sus cotidianas tareas y obligaciones para esperar la llegada de su amado.

Los hermanos Jimmy y Alfred, aprovechando el caos y convencidos de que seguramente su amigo y hermano Lehabim Alí se recuperaría y seguiría sobreviviendo en este mundo, sin previo aviso nuevamente cambiaron fecha, vuelo y destino del viaje que harían los tres amigos juntos, y que tuvieron necesidad de posponer por la enfermedad de su amigo. Pero ahora con toda libertad volaban felices rumbo a la hermana república de Argentina sin su amigo, el hermano Lehabim Alí.

Al cabo de los días, Lehabim Alí extrañó la presencia de sus amigos, el hermano Jimmy y el hermano Alfred. Fue la jade Erandy la encargada de informarle que seguramente ellos dos se encontraban ya en esos momentos en la hermana república de Argentina degustando de un suculento bife de costilla con lomo, o tal vez un rico asado de tiras con tocino, unos grasosos chorizos de campo, unos sabrosos anticuchos o tal vez un plato de chinchulines acompañados de un par de botellas de vino tinto cabernet sauvignon, el que tanto te gusta, de Las parras __dijo Erandy.

—Grrrrrrrrr… ¡Qué gandayas son este par de cabrones! Se largaron sin mí —vociferaba rabiosamente Lehabim Alí.

7:00 a.m. Jueves 21 de agosto de 2008.

Los días de agosto transcurrían con rapidez y Lehabim Alí se fortalecía día a día. Su recuperación se debía, en parte, a la buena condición física que había adquirido durante su vida; siempre había estado apegado al deporte, especialmente a la natación y las artes marciales, y a no fomentar ningún tipo de vicios. Pero ahora le tocaba preocuparse por organizar las cosas del postergado viaje a Colombia y debía ponerse de acuerdo con su amada Blanca Luz, quien lo esperaría en Bogotá.

CAPÍTULO XIV

Bogotá

10:25 a.m. Jueves 18 de septiembre de 2008.

El vuelo 391 de la compañía aérea Mexicana de Aviación, en donde viajaba Lehabim Alí, en el asiento número 37D, tomaba pista en el Aeropuerto Internacional El Dorado de la ciudad de Bogotá, D.C., Colombia después de poco más de cuatro horas de vuelo, procedente del Aeropuerto Internacional Benito Juárez de la Ciudad de México.

"Su atención por favor, señores pasajeros... *"Gentlemen, your attention please, passengers"*. Por las bocinas de la aeronave se escuchó una agradable voz femenina que informaba, en español e inglés, sobre el exitoso arribo a esa bella ciudad colombiana, agradeciendo la preferencia de volar con ellos e invitando a los pasajeros a desabrochar el cinturón de seguridad e iniciar el desalojo y descenso del avión con toda confianza.

Apresuradamente, Lehabim Alí desató la correa de su cintura, que lo mantenía unido al asiento, y extrajo el pequeño bolso de mano que al abordar había colocado dentro del maletero del avión. Se dirigió a la puerta de salida del reactor, pasando posteriormente por una serie de túneles portátiles de los que se usan en los aeropuertos para unir las puertas de entrada y salida de los aviones con la de los edificios del aeroportuario y viceversa. En seguida se topó con una serie de corredores y largos pasillos, aunque las indicaciones de los letreros estaban escritas en inglés y en español, idioma el cual hablaba, algunos términos y modismos variaban. Por ejemplo, había un letrero que decía: "Llegue usted hasta las gradas y a la izquierda tome el pasillo número… «¿Cuáles gradas? Solamente veo estas escaleras a mi lado», se preguntaba Lehabim Alí.

Al principio fue algo confuso tratar de entender ciertos términos y modismos del mismo idioma y ubicar la sala en la llegaba el equipaje de los viajeros de los diferentes vuelos que arribaban al aeropuerto de todas las líneas comerciales de aviación. Por fin, el esperado equipaje de Lehabim Alí apareció en la serpenteante banda. La gente, como siempre, sin ningún orden se arremolinaba, empujándose unos con otros para rescatar sus equipajes y hasta surgían desaciertos al tomar valijas equivocadas, armando con todo este desorden un verdadero desmadre. Por fortuna, las valijas de Lehabim Alí no causaban ninguna clase de tentación, puesto que se trataba de dos sencillas maletas de marca: "Las Inditas Tejedoras Oaxaqueñas". Nada ostentosas, pero sí de mucha calidad, espacio y servicio. La gente *esnob* prefiere dejarse apantallar por las apariencias y etiquetas de las grandes tiendas como Liverpuul, El Castillo de Hierro, Sears Robots, etc., en las que se les aplican precios muchas veces al triple de lo que realmente vale cada producto, pero esto es cosa que no nos viene al caso en este relato.

Y volviendo a nuestro tema, Lehabim Alí esperó pacientemente a que toda esta gente indisciplinada, carente de los más elementales principios de urbanidad, educación y respeto hacia los demás, finalizara con su agitada ansiedad y desorden de manosear entre las diferentes maletas; de ese modo, él tendría la oportunidad de recuperar tranquilamente las suyas sin tener que sufrir de empujones ni atropellos. Acto seguido, guiado por las señales, llegó hasta donde había un módulo de información en el cual una amable y muy agraciada joven mujer le indicó en su mismo idioma, pero con un tono y acento que a Lehabim Alí le pareció fascinante, cómo llegar hasta las garitas de las aduanas aeroportuarias.

Al pasar por la inspección rutinaria, Lehabim Ali preguntó al oficial que le revisaba su maleta:

—Disculpe, oficial, ¿cómo puedo llegar a corferías?

El agente aduanal lo miró con extrañeza y le respondió con otra pregunta.

—¿A dónde dice usted, señor, que va?

—Voy a corferías, señor —recalcó el viajero—, el que está frente al CUAN —machacaba con insistencia el recién llegado.

El agente aduanero volteó a ver al compañero que tenía a su lado y ambos sonrieron con picardía por el acento y descripción que ofrecía el recién llegado. El agente volvió la mirada al pasajero y le contestó casi de manera cortante, al tiempo que cerraba el cierre su maleta, después de haberla inspeccionado:

—Puede retirarse, señor. No sé de qué me habla.

Lehabim Alí se retiró con ganas de mandar a la chingada a ambos agentes, pero astutamente se contuvo, pues sabía bien que esa imprudencia podría costarle la inadmisión a Colombia, aunque no atinaba a saber porque había sido tratado tan descortésmente por esos dos representantes de la aduana migratoria colombiana. Sus cavilaciones desaparecieron cuando se encontró frente a la ansiada puerta de salida del edificio aeroportuario en donde, con muchas probabilidades, lo estaría esperando su amada Blanca Luz Gómez.

Se encaminó de prisa rumbo a los torniquetes que se encontraban situados a unos cuantos metros enfrente de las amplias puertas de cristal templado que daban el acceso a una de las calles aledañas al perímetro del aeropuerto, en donde se encontraba concentrada una pequeña multitud de personas. Lehabim Alí rastreó afanosamente con la mirada entre esa multitud, tratando de localizar a su amada Blanca Luz 153, cuando en un fugaz instante su mirada se cruzó con los hermosos y chispeantes ojos de una linda mujer, sintiendo un relámpago de energía que invadió todos sus sentidos. Ambos enamorados se flecharon. Blanca Luz, abriéndose camino entre la muchedumbre, avanzando rápidamente para aproximarse lo más cerca posible a las puertas de cristal por donde emergería su amado, que aún se encontraba en el interior del aeropuerto. Lehabim Alí, desde los torniquetes que separaban las puertas de cristal ligeramente ahumados de la salida, observaba emocionadamente a través de estos a una hermosa mujer delgada, muy delgada, con una larga y lacia cabellera de color negro azabache; su tez blanca contrastaba maravillosamente con esa cabellera, lucía una sonrisa entusiasta y agitaba sus brazos, haciendo señales para que Lehabim Alí pudiera verla. Ambos se hacían señas... hasta que finalmente ella quedó prácticamente a centímetros de las puertas de salida. Al cruzarlas, sin mediar más palabras, se abrazaron con euforia, mirándose uno al otro, como reconociendo que la realidad de ese tan ansiado encuentro era ya un hecho. Sus labios se fundieron en un largo y apasionado beso, de tal modo que el equipaje del viajero había quedado prácticamente en el olvido, tirado en el suelo, sin tomarle a esto la menor importancia.

Habiendo pasado este eufórico momento, el par de tortolos, tomándose de la mano, recogieron y cargaron el equipaje que aún permanecía tirado en el suelo. Y a propuesta de ella, se encaminaron hacia una de las tantas arterias viales de esa bella capital colombiana para abordar un taxi fuera del área aeroportuaria, ya que, como suele suceder en casi todas las terminales de viajeros en el mundo, los servicios suelen ser más costosos, argumentando mayor comodidad, seguridad y rapidez para todos aquellos quienes los contratan. En fin, después de una leve caminata llegaron hasta la calle 24. Estando ahí hubo que batallar cerca de 30 minutos, aproximadamente, en espera de abordar un taxi, hasta que lo lograron.

Ya dentro de la unidad, Lehabim Alí ordenó al chofer que los llevara a "corferías", frente al "CUAN".

—¿Eh? ¿Cómo dice usted, señor? No entiendo lo que me pide —replicó el viejo conductor del taxi.

«Oh… ¡No otra vez! Y volvemos a empezar», pensó para sí Lehabim Alí mirando a Blanca Luz 153, que reía expeditamente sin saber cuál era el motivo. Cuando ella logró controlarse se dirigió al chofer, indicándole con precisión el lugar del destino. Fue hasta ese momento que Lehabim Alí cayó en cuenta de cómo la acentuación modificaba el fonema, haciendo la diferencia el sentido de las palabras. Se percató de que él daba acento en la "i" a la palabra "corferias", convirtiéndola en una palabra llana o paroxítona, pero que en realidad no debía ser acentuada, siendo entonces una palabra átona. Por tal motivo, aquellos dos granujas aduanales, y ahora el taxista, lo tomaron por loco o tal vez por imbécil.

Dejando atrás esta breve aclaración gramatical, regresemos con nuestra historia. Después de un trayecto más o menos leve, el taxi fue surcando por las diferentes vías de comunicación de la bellísima ciudad bogotana, y transitando por ella de norponiente (NW) a suroriente (SE), el taxi llegó hasta la calle 22 F y carrera 40, frente a la reja de una gigantesca unidad habitacional de condominios verticales muy elevados. Yo no lo sabía, pero se trataba del Centro Urbano Antonio Nariño (CUAN), en donde los porteros pidieron identificación al chofer y otros datos para saber a qué edificio nos dirigiríamos, todo esto en un estricto control de orden y respeto.

Pasada esa pequeña aduana, el automóvil de alquiler arrancó nuevamente, pasando por una pequeña glorieta ovalada adornada por una admirable fuente de piedra de cantera rosa y rodeada por un jardín colmado de múltiples plantas y flores de colores. El auto continuó su recorrido por alrededor de unos 15 metros más, hasta llegar a aparcar en el ascenso y descenso peatonal del edificio número 22 de ese conjunto habitacional. Subimos al ascensor hasta llegar al onceavo piso y de allí bajamos la mitad de las gradas para llegar al piso 10 y medio, en donde se encontraba el departamento No. 105B., en el cual moraba su amada dama, pero al cruzar por la puerta e intentar ingresar al interior del apartamento… «Oh no. Una vez más. ¿Por qué siempre a mí?», pensó Lehabim Alí. Para colmo de mi mala suerte, me topé de frente con una bravucona mascota; se trataba de un fiero perro híbrido muy gordo de color crema, que ladraba y gruñía con un exagerado aire de ferocidad. Sin dudarlo, y por cualquier cosa, me escudé atrás de Blanca Luz, quien lo detuvo y calmó diciéndole:

—Tranquila, Albi, gorda hermosa. Mire que este hombre nos va a cuidar a todas y debe comenzar a quererlo y la historia se repetía.

La bestia, como si hubiese entendido, dejó esos aires de bravura y se acercó, olfateándome, esperando ser acicalada por mi propia mano, y contra toda mi voluntad tuve que hacerlo.

El tiempo transcurrió rápidamente y después de la cena fui instalado en uno de los tres dormitorios del apartamento. Uno era ocupado por su hija Marsella; la recámara principal la ocupaba Blanca Luz, y contaba con su propio baño completo, y había una habitación más, que se ubicaba iniciando el pasillo de distribución, la cual subarrendaban a un joven estudiante de bachillerato. Casi frente a la recámara del joven se hallaba la puerta del baño principal del apartamento; al final de ese corredor interno estaban, frente a frente, las puertas de las habitaciones de ambas mujeres. Fui estratégicamente instalado en la habitación de Marsella, y yo diría que muy estratégicamente.

Al final del corredor entre las puertas de las habitaciones, en donde pernoctaríamos esa noche, fue colocado el dormitorio de Albi, la gorda y bravucona mascota de la casa. Me pareció muy razonable llevar a cabo este tipo de prevención; después de todo, las mujeres estaban permitiendo compartir la intimidad de su hogar con un perfecto desconocido, sin saber a ciencia cierta qué clase de manías o intenciones reales podría tener; podría tratarse de un simple ladrón o tratarse de un temible psicópata. Sin hacer ya mayores cavilaciones, me despedí de ellas para dirigirme a descansar, sabiendo perfectamente bien que yo no encajaba en ningún perfil de estos. Marsella y Blanca Luz se introdujeron a la recámara principal y yo a la recámara de Marsella. El estudiante de bachillerato aún no aparecía ni tampoco era cosa que me importara.

En Bogotá, la temperatura está casi siempre entre los 9 y 14 grados, y para quien no está acostumbrado a ese clima tan bajo, las orejas se enfrían con rapidez. Además, se origina la necesidad de orinar continuamente. A pesar de que Blanca Luz había procurado preparar la habitación hasta con protector de colchón, en caso de ciertas humedades, y arropado bien la cama con sendos edredones de plumón de oca, a medianoche la necesidad de visitar el baño se había hecho imperiosa y me dirigí rumbo al sanitario. Sin embargo, al tratar de abrir la puerta de la habitación, la cual, por cierto, abatía hacia el pasillo del departamento, ésta se encontraba obstruida por algo muy pesado. «¿Qué demonios podría ser?», me preguntaba. Insistí una vez más, pero esta vez empujando con mayor fuerza. Entonces escuché un leve gruñido y seguido de éste un sonido parecido a un pedo. «¿Cómo? ¿Un pedo a estas horas? ¿De quién? ¿Acaso de Blanca Luz o de Marsella? ¿Y ese ronquido o gruñido?», pensó Lehabim Alí.

Los orines estaban ya sin control. Poco a poco, en forma de goteo, mojaban mis calzoncillos y yo no alcanzaba a salir aún de la habitación. Así que, de modo más enérgico, empujé la puerta para abrirla y al hacerlo se me erizaron los pelos al ver un par de brillantes ojos y una fila de colmillos blancos que me gruñían ferozmente, impidiéndome el paso para llegar hasta el baño principal del apartamento, obligándome a regresar y permanecer en la habitación. De inmediato cerré la puerta y un chisguete más de orines corrió por mi pierna izquierda. Miré a todos lados de la habitación buscando algún recipiente y frente a mis ojos, sobre una mesilla, había un pequeño florero. Pensé entonces que ese era el recipiente que necesitaba para descargar el ácido úrico que ya manaba y corría en pequeñas dosis por mis piernas. Saqué las flores y me dispuse a vaciar el contenido de mi vejiga genitourinaria, pero, oh, se atravesó un obstáculo más. El florero era un recipiente que no poseía fondo, y los orines ya no podían ser contenidos por más tiempo. Así que, con reacción inmediata y sin pensar más en cualquier tipo de escrúpulos, abrí la ventana, asomando mis genitales por ésta, y dejé salir libremente todo el contenido de mi uretra desde ese piso 10 y medio, convirtiendo esos orines en una copiosa cascada de aguas doradas, recorriendo un trayecto en picada por todas aquellas ventanas por debajo de la que me encontraba, a la vez, mezclándose esta ligera y calientita lluvia dorada entre la densa y fría llovizna que esa apacible noche se desplomaba sobre la iluminada ciudad de Bogotá. Durante toda esa madrugada se suscitaron, una tras otra, las cascadas doradas de chis mexicana, pues el frio se hacía más intenso a cada momento.

7:00 a.m. Viernes 19 de septiembre de 2008.

Después de haber pasado toda una noche llena de agua e insomnio, apenas estaba agarrando sueñito cuando escuché que alguien golpeaba y abría simultáneamente la puerta. Para cuando abrí los ojos ya tenía encima de mí, lamiéndome el rostro, a Albi, la gorda mascota, que, por cierto, tenía un aliento que pudo haberme matado de asfixia si hubiese tenido más tiempo para lamerme la cara.

Con cierto disimulo le propiné un empellón para quitarla de encima y fingí una sonrisa, aunque en mi interior sentía que se me salían los intestinos. Haciendo un verdadero esfuerzo para sobreponerme ante una posible guacareada, me senté en la cama y miré con una sonrisilla, paradas a un lado de la cama, a Blanca Luz y Marsella, y tras ellas a un chamaco flaco de tez blanca y cabellera rizada de color negro, que llevaba puestos sobre su rostro unos anteojos de fondo de botella color verde; me miraba con una cierta incredulidad, a lo cual no le di mayor importancia. Todos ellos estaban muy sonrientes y cantando un *happy birthday to you* para mí. Yo hubiera preferido *Las mañanitas*, del compositor mexicano Manuel María Ponce Cuellar, pero allá en Colombia están más familiarizados con los modismos gringos que con los mexicanos; bueno, eso creo.

Era el día de mi cumpleaños, aunque yo deseaba que todo ese festejo terminara lo más pronto posible para ir corriendo a la ducha y sacarme de mi rostro toda esa baba llena de mucosidades que me había sembrado Albi, la gorda mascota. Afortunadamente llegó el momento de los abrazos, buenos deseos, besos, felicitaciones y salí volando al baño.

Después de un riguroso aseado general, y hasta habiéndoseme ocurrido echar unos buenos buches con cloro y restregarme el rostro con la sosa cáustica utilizada para desinfectar los excusados, claro que, naturalmente, deseché esa insensata y loca idea, al salir del baño, para mi buena suerte, la gorda mascota se encontraba en el patio de servicio devorando sus croquetas. Marsella estaba acomodando los platillos del desayuno sobre la mesa del comedor y me invitó a que me sentara. Sonó el timbre del apartamento en ese momento y Marsella acudió de inmediato a abrir la puerta. Allí apareció un joven alto de cabellera rojiza y algo crespa. Era Arturo, el novio de Marsella. Después de los protocolos de presentación, Blanca Luz, Marsella, Arturo y yo nos encontrábamos ya sentados ante una diminuta mesa de plástico de las que se usan habitualmente en jardines o pequeños establecimientos de comida. Iniciamos el desayuno con unas exquisitas arepas de queso acompañadas de café; también, en una canastilla, había unos panecillos parecidos a pequeños bolillos, se trataba del pan de piñita, y otros como las donas, pero que en realidad se trataba del muy tradicional pandebono valluno, originario del departamento de Cali. Válgame, qué delicia. Inconscientemente me dediqué a devorar todos los que se encontraban en el canastillo, mientras que Blanca Luz y los chicos debatían sobre cuál sería el mejor sitio que me llevarían a conocer ese día.

Los tres deliberaban entre conocer el Palacio de Nariño o visitar el Museo Botero, ¿o mejor pasear por la Plaza Bolívar o escalar el monte Monserrate? Y después de una muy expedita opinión mía, decidimos visitar el monte Monserrate.

Minutos después del delicioso desayuno, principalmente hecho a base de arepas y café, abordamos un bus que realizó un corto recorrido a través de la ciudad. Durante ese recorrido del bus local había tratado en vano de localizar a la distancia el cerro Monserrate, pero probablemente la infinidad de construcciones y los altos y modernos edificios me habían impedido visualizar su ubicación, de modo que al llegar a nuestro destino no me di cuenta sino hasta el momento que ya nos encontrábamos en plena falda de un gigantesco cerro. En fin, ya estábamos allí y ahora correspondía adquirir los tiquetes para ingresar al parque, teniendo dos opciones; una era caminar un kilómetro en ascenso por el cerro, y la otra, abordar un gigantesco, moderno y cómodo funicular con capacidad para 60 personas, o tal vez más. Ese magnífico "tren volador" nos llevaría casi hasta la cumbre del cerro; naturalmente, optamos por la segunda alternativa.

La vista era maravillosa desde esa gran altura. Las grandes ventanas de aquel transporte permitían admirar, en todo su esplendor, hasta donde la vista alcanzaba, y contemplar a plenitud casi toda la ciudad de Bogotá. Además, se veía un cielo azul y transparente sin contaminación ambiental. La ciudad se encontraba cercada de cerros por su lado oriente, así como de una exquisita gama de vegetación de diferentes tonalidades de color verde, y armonizando con éstas resaltaban los colores amarillos, rojos, anaranjados y violetas; toda una gran panorámica de ensueño.

Observé que en el trazo de sus avenidas se tiene una mejor visión de lo que en ingeniería se le conoce como un mejor proyecto urbano de los asentamientos humanos, y se componía en su mayoría por una retícula de intersecciones entre sus vías de comunicación internas que recorrían la ciudad, siendo que las calles transitaban de norte a sur y viceversa, y las carreras transitaban de este a oeste y viceversa. La mayoría de sus edificaciones presentaban fachadas muy modernas con una delicada arquitectura combinada en grandes ventanales de cristalería y muros de tabique rojo aparente. Realmente, qué ciudad de lo más hermosa y limpia. Sencillamente quedé fascinado.

Al término del recorrido del gran teleférico fuimos depositados casi en la cima de cerro. Arturo y Marsella tomaron camino aparte, Blanca Luz y yo hicimos lo mismo, haciendo un recorrido por un camino alrededor del santuario, en donde a cada 10 metros aproximadamente se encontraban unas esculturas de hierro o bronce color negro, a una escala de 1:32

aproximadamente, representando la pasión de Cristo o algo parecido. Eso quiero pensar, pues yo poco conocía de estos asuntos, ya que en muy reducidas ocasiones se me había ocurrido hurgar entre las páginas de *al'kitab al'muqads* (la Biblia) o *al'quran (*el Corán).

Así que, prosiguiendo con nuestro recorrido, llegamos hasta la novena escultura, donde un soldado romano montado en un brioso *destrier*, sosteniendo un gran escudo, protegiendo su lado izquierdo y empuñando un temible sable con la mano derecha, amagaba a un hombre viejo esquelético y casi desnudo, que con ambas manos sobre su frente, en forma de súplica, imploraba piedad a aquel fiero soldado para no ser asesinado. Fue tal la impresión que causó esta imagen en Blanca Luz, o por lo menos eso fue el pretexto, que impulsivamente se abalanzó sobre mí, abrazándome muy fuerte. Sus hermosos ojos estaban húmedos e inevitablemente unas lágrimas rodaron por sus blancas mejillas. De inmediato correspondí, abrazándola con ternura y tratando de calmarla, explicándole de la forma más sutil que se me ocurrió que tan sólo se trataba de una expresión muy talentosa del arte plástico, tal vez realizada por don Pedro Lugo Albarracín o por el escultor colombiano Gustavo Arcila Uribe. En realidad no lo sabía, pero de algún modo tenía que esgrimir un recurso para sustraerla de ese desasosiego. Ella me vio y me dijo casi susurrando:

—Ay, qué horror… ¿Cuánto tuvo que padecer el Señor por todos nuestros pecados y cuánto tenemos que seguir padeciendo todos aquellos que le amamos y le seguimos?

Preferí mejor callar en esos momentos, pues yo no comulgaba con esas ideas. La abracé con mayor fuerza y le acaricié su cabellera desde la parte superior de su cabeza, deslizando mi mano por su cráneo y llegando hasta su espalda baja, lo que provocó que ella levantara la vista y tiernamente me permitió besarla. Después de ese beso siguieron otros más, haciendo que olvidara esa traumática impresión causada por aquella regia escultura, dejándonos llevar por un atropellado e irreflexivo faje que tuvo que ser frenado abruptamente, pues la voz de una mujer que hacía la guía de un nutrido grupo de turistas nos hizo caer en cuenta de que ese no era el sitio más apropiado para continuar con ese caliente intercambio de apasionamientos. Y, muy a mi pesar, y creo que al de ella también, dejamos enfriar ese bello momento. Cuando en la vida se disfrutan momentos de gozo, estos se hacen tan cortos que pareciera que el tiempo se contrae.

Maldición, recordé aquello que el gran científico Albert Einstein había descifrado en su teoría más famosa de relatividad, velocidad y espacio/tiempo. Y con esa reflexión tomamos camino para reencontrarnos con los chicos, pues el horario de visita al parque estaba por concluir.

10:00 p.m. Viernes 19 de septiembre de 2008.

Arturo se había despedido de Marsella y de nosotros para dirigirse a su domicilio, así que nuevamente nos encontrábamos solos los tres en el apartamento Blanca Luz, Marsella y yo… Miento, no era así. Dentro de su habitación yacía Antonio Manuel, aquel chamaco flaco de tez blanca, cabellera rizada de color negro y que llevaba puestos unos anteojos de fondo de botella color verde.

Sin habérseme despegado por un solo momento la cariñosísima y amada mascota, la perra gorda, de la familia desde que llagamos al apartamento, y durante toda la cena, prácticamente todo mi pantalón quedó literalmente mojado con sus babas, pues se lo pasó recargando su cabezota sobre mis muslos, tobillos y zapatos, teniendo además que soportar el mal olor característico de todos los canes y el terrible hedor de su gran hocico al transpirar y jadear. Y por si esto fuera poco, tuve que "fumarme" uno que otro desagradable pedo.

Esa incomodidad, el sueño y el cansancio me obligaron a despedirme de las ahí presentes y retirarme a descansar a mi ahora habitación, desaprovechando la oportunidad de participar de esa bella y "aromática" velada, pues era obvio que las dos colombianas en cuestión no tenían la menor intención de parar aquella rumba que apenas iniciaba.

Posteriormente al aseado de mi persona me acosté plácidamente sobre aquella comodísima cama. Desde allí podía escuchar la tertulia, los ladridos de la gorda, los gritos y carcajadas de las mujeres y hasta se les había unido Antonio Manuel, quien tocaba una guitarra con ameno entusiasmo. La escandalera era tal que no daba paso al descanso; ahora el tiempo se dilataba y transcurría con inefable lentitud. ¡Oh! Esa relatividad me traía loco. Miré el reloj y marcaba ya las 2:20 a.m. del nuevo día. Finalmente, el cansancio fue tal que me venció el sueño y me dejé llevar por la onírica fantasía de los sueños.

Irónicamente, después de pasadas unas horas, un silencio casi perfecto, a excepción de las bocinas de algunos autos que circulaban por la madrugada, me hizo despertar. Ahora el reloj marcaba las 5:44 a.m. Lloviznaba levemente sobre la ciudad y pensaba cuán frío era el clima allá en Bogotá, a pesar de las dos mantas extras que Blanca Luz me había proporcionado por los comentarios que le expresé el día anterior sobre la fría noche que pasé. Repentinamente escuché cómo giraba la perilla y, simultáneamente, la puerta de la habitación se abrió sigilosamente. Mi corazón se sobresaltó e imaginé a la gorda Albi echada una vez más encima de mí. ¿Y ahora cómo le haría para controlarla? Me parecía que se había enamorado de mí. Fueron unos instantes en donde el tiempo nuevamente hizo su relativa jugada, haciendo parecer interminables esos segundos. A punto de incorporarme de la cama noté entre penumbras una figura alta y esbelta, y observando con mayor detalle distinguí que se trataba de… Ohhh, qué bien. Era Blanca Luz quien entraba a mi habitación con mucha cautela, cerrando la puerta tras de sí, sin saber qué hacer en ese momento. ¿Acaso sería bueno fingir que dormía o darle la bienvenida a mi lecho? Pero no hubo necesidad de hacer nada, simplemente ella se metió en mi cama, dándome la espalda, acercando su cuerpo al mío, y dijo:

—Abráceme si tiene frío, estoy con usted para brindarle mi calor. ¿O prefiere usted que lo deje solo?

A toda respuesta la apreté con cierta delicadeza, sintiendo cómo sus nalgas comenzaron a repujarse contra mi pene. Fue entonces que ella dijo nuevamente:

—¿Usted recuerda que ayer en el santuario fuimos interrumpidos por ese grupo de fastidiosos turistas?

—Ajá, claro que sí lo recuerdo muy bien —le contesté.

—Pues bien, ahora es el momento para continuar lo que interrumpimos. ¿Está usted de acuerdo?

—Ohh, bendito Dios, por supuesto que sí —contesté con demasiado júbilo, sin darme cuenta de cómo lo había dicho; campechanamente mencioné el nombre de Dios en esa expresión de alegría.

—Por cierto —escupió ella con espontaneidad—, mi nombre verdadero es Liliana, Blanca Luz sólo es mi pseudónimo.

A esas alturas de las fogosas circunstancias, las presentaciones eran lo que menos me importaba en ese momento, me parecía que salían de sobra.

Nos envolvimos en un apasionado sinfín de abrazos, caricias y besos, en desorden, sin razonar nada, simplemente dejándonos llevar por una llamarada de las más bajas pasiones, sin prejuicios o baños de pureza. Acto seguido, ella comenzó a desnudarse, despojándose de su acogedora pijama y de sus prendas íntimas por debajo de los cálidos cobertores, pudiendo yo sentir el calor de su cuerpo desnudo y la finura de su piel. Sin más preámbulo, *ipso facto*, arrebatándome atropelladamente de todos mis ropajes, incluidos los calcetines, pude sentir el roce de mi piel con la suya desnuda. El éxtasis era indescriptible.

La luz del nuevo amanecer ya iniciaba a asomarse a través de la sutil cortina que cubría la ventana. Ella se había montado encima de mí, realizando el acto sexual en la posición conocida como "de a caballo". Con los primeros y ligeros rayos de luz que entraban por la ventana, chocando estos contra su cuerpo y la leve penumbra que existía dentro de la habitación, se lograba ver a contraluz un efecto de resplandor en el que se dibujaba el contorno de la delicada figura y greña alborotada de Blanca Luz, ¿o debo decir Liliana? Era como si se tratase de un hermoso cuadro pintado por Rembrandt, Goya, o el mismísimo Leonardo Da Vinci.

Las pasiones se desbordaron entre los amantes, brindándose a placer todo aquello que en algún momento habían soñado y prometido y que tantas veces se vio atajado por las circunstancias e incertidumbre de preguntarse qué pasará o qué se presentará, agregando a esto la gran distancia geográfica que existía entre México y Colombia.

A partir de esa noche, los amantes continuaron en una vorágine de alocadas pasiones de días y noches iguales, y la relación se fue fortaleciendo e incrementando con nuevas expectativas de las que no se había pensado antes. Lo que comenzó como una simple visita de reconocimiento se convirtió rápidamente en una estructurada sociedad conyugal con todas sus prerrogativas y deberes, y, en este caso, fueron más los deberes que los placeres. ¿Quién se hubiese imaginado tener que hacer todas esas cosas que uno jamás se espera tener que hacer? Levantarse muy temprano por la mañana y cargar con las bolsas de la basura y salir a depositarlas en los contenedores. Luego, de paso, aprovechando al desmañado cónyuge, cargarle la mano con otra tempranera obligación más: sacar del apartamento a la consentida gorda mascota de la familia para que deambulara por todos los jardines del condominio, depositando sus propias necesidades fisiológicas sobre el césped de los verdes jardines. De modo que me tocaba recoger esos humeantes excrementos apestosos y de asqueroso aspecto todos los días; era lo más humillante que me había tocado soportar, aun a pesar de haber previsto equiparme antes de salir a tal faena con una mascarilla antigases lacrimógenos, goggles, un overol de algodón, guantes de carnaza, pequeñas bolsas de plástico y un recogedor especial para deshechos de mascotas. Soportaba todas estas cosas porque sabía bien que en el amor siempre se debe estar dispuesto a pagar un precio, y éste comenzaba a ser cobrado.

El tiempo transcurrió de tal modo que los días se convirtieron en meses sin darme cuenta. Todo marchaba con aparente calma y sin novedad alguna. Las actividades se volvieron en una rutina común, sin embargo, algunos asuntos relativamente molestos comenzaron a surgir dentro de la aparente y apacible cotidianeidad de la que disfrutábamos.

Cierta tarde se presentó un hombre de nombre Uriel reclamando una bicicleta que él le había prestado por unos días a Liliana y que ella le había estado dando largas para devolvérsela. Este hombre, de unos 50 años, se dijo ser muy buen amigo de Liliana y en ese momento me exigía la devolución de la bicicleta, pero no sin antes cuestionarme con varias preguntas, tales como qué es lo que hacía yo ahí en el apartamento de la dama en cuestión. Insistió en entrar para esperar a Liliana; naturalmente, yo se lo impedí, además, la fiera mascota se me había aliado y se encontraba gruñendo a mi lado, lista para abalanzarse sobre el sujeto en cuanto yo soltara su correa, en el supuesto caso de que este engreído preguntón intentara entrar por la fuerza al apartamento. Obviamente se dio cuenta de que estaba en desventaja física y numérica, así que lo pensó mejor y, al ver frustradas sus intenciones de intimidación, tan sólo me miró de arriba para abajo. Con una risilla burlona en su rostro y con cierto sarcasmo dijo:

—Ah, sí… Tú debes ser uno de los mexicanos que ella esperaba. Ojalá y corras con suerte, amigo.

Dio media vuelta y se retiró, advirtiendo que regresaría por la bicicleta y por Liliana.

Por unos instantes me quedé intrigado. ¿Qué quiso decir con eso de "uno de los mexicanos"? ¿A qué se refería el muy cabrón? Además, me encabronó mucho que dijera que vendría por Liliana. Hice un gran esfuerzo para contenerme, evitando lanzarme tras este sujeto y partirle la madre, optando en ese momento no tomarle mayor importancia, conformándome que con un movimiento del brazo que tenía libre, ya que con el otro sujetaba a la feroz Albi, lo mandé a chingar a su madre. Acto seguido cerré la puerta detrás de este fantoche con un fuerte azotón. Aquí confieso, igualmente, que en ese momento sentí un profundo agradecimiento a Albi, la gorda, por su solidaridad y lealtad conmigo, de tal forma que le propiné unos rudos cariños sobre su cabeza y lomo. Nadie se enteró de este confidencial arrumaco quedando en absoluto secreto entre la gorda mascota y yo.

Unos días después de este desagradable incidente se presentaron al apartamento un chico y una chica de entre 19 y 21 años, respectivamente. Una vez más me tocó atender este asunto, ya que en esta ocasión Liliana y Marsella tampoco se encontraban en casa. Estos dos jóvenes hacían un reclamo por incumplimiento de ciertos pagos de servicios y arriendo del apartamento, haciendo directamente responsable de estos adeudos a la señora Liliana Gómez.

No tuve otra alternativa que cuestionarla por estos dos incidentes: la aparición del tal Uriel, con su reclamación e insinuaciones, y las demandas de esos dos jóvenes sobre los pagos atrasados de arriendos y servicios del apartamento. Sin embargo, ella siempre contaba con alguna buena argucia para refutar todas estas acusaciones de las que era objeto, por ejemplo, lo de Uriel dijo que él era un tipo ardido, pues ella había hecho algunos trabajos con él sin recibir ninguna paga ni siquiera del material que ella había empleado para estos, de manera que se le hacía justo quedarse con la bicicleta como garantía de los pagos no recibidos. Y sobre lo de su comentario, dijo no se trataba de otra cosa más que sembrar veneno en mi mente. No quedé muy convencido, pero no tuve más remedio que creer en sus palabras. El segundo asunto igualmente fue hábilmente manejado, aduciendo que en el contrato se estipulaba que todos los servicios quedaban incluidos dentro del pago de los arriendos del apartamento, cosa que me pareció de lo más extraño. Liliana jamás me mostró ese contrato, pero tuve que admitirlo también.

Cierto es que disfrutábamos mucho pasarla juntos. Nuestras rutinas fueron tomando cada una su curso, y mientras ella se encargaba de la elaboración de ciertos químicos para la limpieza en los hogares y ofrecerlos para su venta entre la comunidad más cercana, parientes y amigos, yo me encargaba de ayudarle con la logística para su producción, publicidad y venta. Todo iba llevándose con una cierta normalidad, sin embargo, los sucesos e imprevistos no paraban de suceder, uno tras otro, y seguían sorprendiéndome. Al parecer, Liliana tenía por ahí una larga cola que le pisaran, y con ésta, varias cuentas pendientes que saldar, como atrasos con la compañía telefónica, con el grupo de energía eléctrica de Bogotá, con el mantenimiento y pago de vigilancia del condominio, adeudos bancarios y de préstamos personales de dinero con parientes y amistades, etc. Todo un "estuchito de monerías".

La gota que derramó el vaso fue cuando se apersonó hasta la puerta del apartamento un licenciado en derecho de nombre Edwin Alexander Gutiérrez. Presentó un gran pleito por el adeudo de servicios y arriendos atrasadas de una vivienda que anteriormente había sido rentada por la señora Liliana Gómez… dejando embarcados con todo ese cúmulo de adeudos a sus confiados avales, a quien los abogados asediaban en un sinnúmero de demandas de pago, o, en su defecto, con el embargo de un porcentaje de sus recursos económicos y de la propiedad que había quedado como garantía para el debido cumplimiento del contrato de arrendamiento de aquella vivienda.

En fin, todo un lio jurídico, puesto que en Colombia las leyes se hacen valer y no se andan con cuentos. La cuestión es que los avales de quien se trataba eran su hermana Mimi y el hijo de ésta, de modo que me vi obligado a ir "aflojando" plata una vez más para ir saldando parte de estos incómodos e inesperados asuntos.

Yo no entendía. ¿Por qué Liliana había pretendido ocultarme todos estos asuntos? Aparentó poseer una cómoda y sosegada situación de armonía social y familiar. ¿Qué oscuro pasado escondía que no le permitía contármelo? Entre más tiempo pasaba, más reclamos se presentaban, todos ellos relacionados con adeudos económicos, sin contar la presencia de tres sujetos que la buscaban constantemente por ciertos asuntos sentimentales y negocios inconclusos, cuestión que siempre negó rotundamente. En fin, creo que me faltó mucho amor propio para zafarme a tiempo de todas esas calamidades.

Cierto día en que nos entreteníamos tranquilamente en casa platicando sobre los usos y costumbres de cada uno de nuestros pueblos y que, por fortuna, poco a poco habían comenzado a cesar los acosos de acreedores, e igualmente aclarado en parte algunas de las reclamaciones hechas por algunos amigos y parentela, que por cierto me había tocado resolver, repentinamente me dijo:

—Oiga, Lehabim Alí, va a ser necesario que dejemos Bogotá y viajemos para el Valle del Cauca con mi familia. Mi mamá quiere que vivamos con ella en el pueblo y que dejemos de pagar todos estos arriendos acá tan caros; vea, pues. Además, mi mamá se siente muy sola desde la muerte de mi papá y le gustaría estar acompañada por nosotros —y continuó diciendo—. La casa allá es muy grande y a usted que le gusta tanto la vida del campo le sentará muy bien.

En ese momento, la noticia me agarró por sorpresa sin saber qué decir. Claro que por mi parte yo no tenía ningún inconveniente por migrar a la campiña; ciertamente, la ciudad de Bogotá me había parecido de lo más bella, limpia y ordenada, en fin, de lo más moderna y cosmopolita, sintiéndome a placer allí, pero en donde existen un par de buenos senos, una cara bonita y una linda y redondeada cola, no existe discusión alguna. Así lo teorizaba para mis adentros. No encontrando ningún pretexto, me vi comprometido a ceder.

Así que ese mismo día, sin medir mayores consecuencias, nos dimos a la tarea de iniciar con el embalaje de todo el menaje que existía en el apartamento, incluyendo las bombillas eléctricas. Sin duda me pareció muy acelerado todo este asunto, como si se tratara de salir huyendo de allí. Por supuesto, nada de esa arrebatada decisión me cuadraba bien. ¿Cómo le haríamos para transportar todo este mobiliario de Bogotá a Cali sin haber contratado aún algún camión de mudanzas? En esos pensamientos estaba cuando, de repente, llegó al apartamento un joven amigo de Marsella a quien antes las mujeres habían llamado por la tarde sin que yo lo supiera. Fue entonces que me enteré de que ellas le pidieron les hiciera el favor de transportar y guardar en su bodega por algunos días el menaje de su apartamento. En tanto, ellas conseguirían contratar un transporte foráneo que les hiciera el transporte del menaje a Ginebra, Valle del Cauca. Me enteré de que su nombre era Sebastián. Era un excelente joven. Él y su familia contaban con un negocio familiar de pequeños transportistas cubriendo viajes únicamente locales en el área metropolitana de la ciudad de Bogotá.

En fin, esa misma noche o, mejor dicho, a media madrugada del siguiente día, se logró el objetivo: salir con todo el menaje eludiendo la garita de vigilancia del condominio. Marsella y Liliana iban sentadas al frente de la cabina del camión con el conductor y yo atrás, escondido con la gorda mascota en la caja del transporte, algo que sin duda me pareció un acto demasiado arriesgado, clandestino y doloso. Por fin, el pequeño transporte de mudanza paró su breve recorrido. Sebastián nos abrió las puertas traseras del camión y pude descender de éste, seguido por la perra gorda. Las sorpresas continuaban, pues únicamente bajamos unas cuantas valijas que contenían documentos, ropa y accesorios personales de Liliana y míos.

Marsella se quedaría en Bogotá con la gorda mascota y con todo el demás menaje. Ella tendría que pasar unos días el apartamento de Sebastián para hacer el posterior envió de la mudanza a Cali, y después tendría que buscar su propio espacio para continuar con sus estudios universitarios y estancia en la ciudad de Bogotá. Ambas mujeres se despidieron con euforia.

Después de las despedidas, Liliana y yo abordamos un taxi rumbo a la terminal de transportes de Colombia. En ese momento fue que comencé a experimentar una sensación extraña, entre el miedo y vergüenza, pues me sentía como un vil fugitivo evadiendo la justicia. Miré a Liliana y ella no reflejaba en su rostro la menor expresión de remordimiento; su rostro era parco, sin embargo, al notar que la miraba con cierta incredulidad, ella me miró y con una sonrisilla un tanto maliciosa recalcó:

—Ja, ja, ja, no pudieron cogerme. Cuando se enteren de que el apartamento está vacío, nosotros ya estaremos en Cali y no tendrán más remedio que aguantarse... Ja, ja, ja —sonrió nuevamente.

Me quedé impávido ante esta postura y, como siempre me ocurría, no supe qué contestar.

CAPÍTULO XV

La línea; viajando a Ginebra, Valle del Cauca

8:00 p.m. Viernes 28 de noviembre de 2008.

Estación de autobuses foráneos de la ciudad de Bogotá.

—Dígame, señor, ¿hacia dónde viaja y cuántos tiquetes desea adquirir? —preguntaba la empleada que atendía la barra de atención a clientes de la línea de autobuses foráneos de Colombia.

—Voy a Ginebra y necesito dos tiquetes.

—¿Usted los pagará al contado o con créditos, señor?

—¿Con créditos? ¿Cómo es eso, señorita? Yo sólo tengo esta tarjeta de débito.

—Ciertamente, señor. Usted puede pagar con su tarjeta si tiene créditos, o sea, si tiene fondos —amablemente explicó la empleada.

Una vez más, Lehabim Alí caía en la confusión por los modismos y costumbres utilizados en este país conforme al idioma. La empleada se dio cuenta de que se trataba de un extranjero y le explicó nuevamente con toda calma.

—Mire usted, caballero. Nuestros autobuses solamente dan servicio a la ciudad de Cali. De allí, usted debe abordar un taxi o un bus que lo lleve hasta el municipio de Ginebra, Valle del Cauca.

Dada esta atenta indicación, Lehabim Alí finalmente obtuvo la compra.

Habían transcurrido alrededor de 35 minutos desde que Liliana y Lehabim Alí se habían sentado en la sala de espera cuando fue anunciada, por los altavoces de la estación, la salida del autobús 598 de la línea autobuses de Colombia con destino a la ciudad de Cali, departamento del Valle del Cauca.

Aproximadamente dos horas después de haber iniciado la marcha rumbo a su destino en un aparentemente tranquilo recorrido, el autobús comenzó a tironearse con fuerza de un lado al otro, como si se tratase del tradicional juego de las serpientes o las coleadas que aún se juegan en México en algunas de sus regiones más apartadas del centro. En fin, Lehabim Alí se inquietó pensando que habían tenido una peligrosa pinchadura de llantas, pero lo que en realidad estaba sucediendo era que en esos momentos el bus iniciaba a transitar por el paso de la Cordillera Central de los Andes Colombianos, sobre un camino repleto de sinuosas curvas, en el ascenso conocido como "La Línea", siendo este un paso obligado para el paso hacia el valle. La carretera se consideraba segura, pero muy angosta, está trazada a una altura de más de 5,300 metros a nivel de mar y se debe transitar por ella a una velocidad aproximada de 70 km/h, haciendo parecer que el frágil vehículo pudiese salir volando por los acantilados de la montaña, ya que en muchos de sus tramos está acotado, por ambos lados, por profundos precipicios.

—Guuaauu —dijo Lehabim Alí, reprochándose el no haber querido ingerir una pastillita para el mareo que Liliana le ofreció minutos antes de salir.

El tiempo de traslado depende del congestionamiento de vehículos, camiones y, principalmente, de las llamadas "tractomulas" y la habilidad del conductor. El recorrido continuó así durante toda la obscura noche, de modo que Lehabim Alí se la pasó con los nervios de punta y literalmente comiéndose las uñas de los dedos sin poder pegar pestaña durante la audaz travesía.

Por fin, la luz del amanecer se asomó por las cortinillas que cubrían las ventanas del bus anunciando el nuevo amanecer. Lehabim Alí recorrió la cortinilla, logrando ver, aun desde las alturas de la elevada sierra, un extraordinario panorama colmado de vegetación, con pequeños brazos de río que atravesaban los valles. Al oriente, el Sol brillaba con intensidad e igualmente se divisaban a la lejanía algunos diminutos asentamientos de pobladores, Mirando un poco más hacia la lejanía alcanzó a distinguir un asentamiento mayor; probablemente se trataba de la ciudad de su destino. Fue hasta entonces que Lehabim Alí pudo relajar sus músculos.

Unos 30 minutos después de aquel avistamiento, el operador del bus anunció, precisamente, el pronto arribo a la ciudad de Cali; también indicó a los pasajeros cómo debía llevarse a cabo el descenso de aquella unidad.

10:30 a.m. Sábado 29 de noviembre de 2008.

Toc, toc, toc, toc, toc. Liliana golpeaba los tablones de un enorme portón con una aldaba fundida en hierro y bronce.

—Sí, dígame. ¿Quién es? —se dejaba escuchar la voz de una mujer madura.

—Mamá, soy yo, Liliana. Abra usted.

Habíamos llegado hasta el frente de un enorme caserón, calculando su fachada frontal en por lo menos 50 metros de longitud, con alrededor de siete metros de altura y un exquisito gusto arquitectónico de estilo rústico colonial; todo situado delante de ese enorme portón elaborado con viejos tablones gruesos de madera apolillada parecida al nogal, y que estaban entrelazados y sujetos a un ensortijado y elegante diseño de resistente herrería. Absorto en mis pensamientos por el impresionante trabajo de carpintería, herrería y de diseño general de la fachada, apenas y reaccioné cuando el viejo, y debo creer que era pesado, portón comenzó a abrir lentamente una de sus dos compuertas, de donde asomó la cabeza una sonriente y visiblemente emocionada señora de aproximadamente unos 75 años, de tez clara y cabello completamente blanco, aunque podría decirse casi plateado. Era doña Edelma, la madre de Liliana, quien nos condujo amablemente, después del eufórico recibimiento de bienvenida y presentaciones, por un pasillo en arco tan ancho como la misma anchura del portón, de más de dos metros por tres de alto, hasta llegar a una pequeña sala de recepción que se suscribía al lado del hermoso y gran jardín interior al centro de toda la colosal construcción. La sala estaba compuesta por unos sillones de apariencia muy antigua tallados en fina madera y forrados con unos cojinetes de color rojo fucsia; al centro de ella se hallaba una mesa de igual talla con un grueso cristal aplomado en su plataforma y adornada por un florero repleto de una variedad de peripatéticas florecillas y plantas. Sin embargo, en ese florero lo que más resaltaba a la vista era la abundante cantidad de margaritas blancas. Intrigado por saber cuántas margaritas había en aquel florero, me esforzaba en contarlas, pero me vi obligado a interrumpir la cuenta cuando comenzaron a aparecer los familiares de Liliana, e inicié un nuevo recuento de quienes iban llegando a la sala, de modo que contabilicé seis mujeres, una jovencita, una niña y solamente un varón; nueve familiares en total. Fui presentado con todas y cada una de estas mujeres, recibiendo una amable sonrisa, un beso en la mejilla y un gran abrazo, como si se tratase de alguien a quien conociesen de tiempo atrás. Doña Edelma, la querida tía Teresa, Mimi, Magdalena, Miriam y Angelina, hermanas de Liliana, su sobrina Idalia y su pequeña hija Angélica, e igualmente el varón, me saludaron con mucha enjundia. Naturalmente, con este último familiar, ambos decidimos omitir el beso, pues se trataba de Guillermo, esposo de Angelina, la hermana menor de Liliana. Y a partir de ese momento se entabló una buena relación de amistad entre nosotros, tal vez porque en esa casa lo que abundaba eran las mujeres y las margaritas blancas.

Más tarde, Liliana y yo fuimos instalados en una habitación que se ubicaba pasando a través del gran jardín interno y subiendo por unas gradas a un primer piso, en el que estaban dispuestas tres magníficas y amplias habitaciones, con un impresionante cuarto de baño cada una y equipadas con una cabina para regadera, lavabo, un enorme e iluminado espejo de vanidad, bidé, impecable W.C., una tina de jacuzzi de 1.80 x 1.80 m estilo romano y dos vestidores individuales.

Nuestra habitación era bastante confortable y a todo lujo, con aproximadamente 48.5 m² de área, climatizada, y, además, contaba con una cama king zade, un buró en cada uno de sus lados con una lamparilla individual encima, un sillón reclinable para lectura, un *loveseat*, un sillón reclinable, una mesilla de plástico con cuatro sillas, un centro de entretenimiento con pantalla de TV gigante, y un tocador de madera de ébano con una luna perfectamente iluminada.

Hecha esta trivial observación, nos dispusimos a descansar del pesado viaje y después de una placentera ducha fuimos llamados por la señora madre de Liliana, a quien cariñosamente comencé a llamarle Oummi (mamá), que desde la cocina gritaba a toda voz: "La cena está servida y lista, pasen todos al comedor". En ese mismo momento llamaron a la puerta de nuestra habitación y al abrir me encontré de frente con la niña que anteriormente había sido presentado.

__Hola, Angélica. Pasa.

—No, aquí nada más —y agregó—. Vengo avisarles que les esperan en el comedor, pues todos vamos a cenar juntos esta noche.

—Muchas gracias, Angélica —contesté con una simulada sonrisa—. En un momento estaremos con ustedes.

Algo había en esa mocosa que no me cuadraba, dándome muy mala espina y haciéndome sentir un rechazo natural por ella.

5:30 p.m. Sábado 29 de noviembre de 2008.

Nos encontrábamos sentados a la mesa y pude darme cuenta de que al centro de ella había varias cazuelas, jarras y recipientes con una variedad de alimentos; muchos de ellos eran desconocidos para mí. Por ejemplo, en uno de ellos se encontraba algo que parecía tortillas y se me ocurrió preguntar:

—¿Ustedes comen tortillas?

Y como si hubiera dicho una barbaridad, todos se quedaron mirándome extrañados y casi me respondieron a coro con otra pregunta:

—¿Tortillas? ¿Qué es eso?

Señalando con el índice de mi mano derecha el recipiente les indiqué a qué me refería. Oummi, amablemente, disipó mis dudas respondiendo:

—Esto no es lo que usted cree. Las tortillas se comen en México y están hechas a base de maíz. Acá también tenemos maíz, pero les llamamos arepas y se preparan con queso fresco, pero esto que usted ve aquí servido son patacones hechos a base de plátano verde y los puede usted comer acompañando el sancocho de gallina.

El sancocho era servido para todos los ahí presentes en ese momento e igualmente me quedé pensando qué era el sancocho. Entonces fue puesto ante mí un plato enorme, parecido a los pozoleros que se sirven en México, de modo que al verlo mi apetito menguó un poco, ya que pensaba que era demasiada pitanza para mí. Sin embargo, al comenzar a degustarlo di rienda total del enorme plato.

Después del tremendo atracón, la tarde pasó amena entre charlas, preguntas, intercambios culturales, risas, guitarra y demás, llegando el momento de la irremplazable hora de degustar el tradicional tintico, que es una pequeña taza de café negro molido acompañada de pandebono, buñuelos, canelones, pan de queso o el típico pan de yuca. Así terminó de transcurrir esa tarde, donde el recién llegado mexicano fue bien recibido por los familiares de Liliana.

Lehabim Alí y Liliana compartieron un buen rato más con la familia, aunque solícitamente después se despidieron de todas aquellas mujeres y dispusieron dar un paseo por el pequeño y enigmático pueblo rodeado de verdes montañas, con amplias calles, en su mayoría empedradas, y adornadas por una infinidad de árboles sobre sus banquetas por ambos lados de la calle. Entre la mayoría de sus viejas edificaciones de antiguas casonas y comercios resaltaba el estilo colonial de su arquitectura, contrastando con algunas construcciones de arquitectura moderna; de manera que tal ambigüedad invitaba inconscientemente a viajar al pasado y estar simultáneamente en el presente, una sensación que pocas veces puede presentarse de manera tan plenamente palpable.

En el centro del pueblo destacaban los viejos edificios del cabildo municipal y una iglesia católica de arquitectura neoclásica conocida como Nuestra Señora del Rosario, que igualmente sobresalía de todas estas construcciones, siendo la más alta de todas. Frente a ella había una explanada con enormes árboles parecidos a las alamedas y de otras clases, tales como palmas, samanes, araucanas, etc. Siguiendo nuestro paseo nos topamos, dentro de esa plaza, con una enorme mujer negra de muy florida y colorida vestimenta que sobre su cabeza llevaba enredada una especie de florón, como si se tratase de un turbante hindú. Esa negra se dedicaba a vender con mucho éxito a los que por ahí simplemente transitaban, o a los paseantes despistados como yo, una especie de raras guayabas. Por mera curiosidad, Lehabim Ali se acercó a ella y preguntó:

—¿Qué es lo que usted vende, señora?

Amablemente, la gran señora negra, con una abierta sonrisa que mostraba una hilera de enormes y blancos dientes que contrastaban extraordinariamente con el tono oscuro de su piel, le respondió con voz grave y fuerte.

—¡Qué más! Mi amor, son chontaduros.

A pesar de la respuesta obtenida, Lehabim Ali siguió con la duda. ¿Qué era eso? Le preguntó a Liliana qué clase de fruto era ese. Ella le indicó que era una fruta que se come después del almuerzo como una golosina; su sabor es agridulce.

—Tendrías que probarla —dijo.

Pero al momento de probarla, dando el primer mordisco, el sabor de esa "golosina" le pareció verdaderamente repulsivo y desconocido para el gusto de su muy común y ordinario paladar. Después de esta experiencia y breve parada en el camino, la pareja continuó con su recorrido por las calles empedradas del pintoresco pueblo, hasta llegar nuevamente de regreso a la casa en donde se encontraban hospedados y en donde permanecerían, seguramente, por un largo periodo.

Se había hecho ya algo tarde, de modo que al entrar a la vieja casona no se toparon con ningún miembro de la familia de los que allí moraban, puesto que todos ellos ya dormían tranquila y plácidamente. Así que, con cierta discreción y prudencia. se encaminaron directamente a su habitación. Enseguida ambos tomaron un baño y posteriormente se metieron a la cama para descansar, sin embargo, Lehabim Alí intentó iniciar un encuentro romántico con su mujer, pero esta señora no parecía estar dispuesta a ceder ante tal insinuación, a pesar de varios intentos por parte de Lehabim Alí por seducirla, sin tener éxito. La luz de la lamparilla que se controlaba del lado de Liliana se encendió repentinamente y del cajón del buro extrajo un libro de considerable volumen; se trataba ni más ni menos que de *alkitab almukadas* (la santa Biblia). Lehabim Ali quedó intrigado por tal acción. «¿Y ahora que traerá entre manos esta mujer? ¿Qué mosca le habrá picado?», se preguntaba, ya que él no practicaba, predicaba o compartía ningún credo religioso, prefiriendo siempre permanecer al margen, respetando las ideas, fe y creencias de cada uno. Sin embargo, esta vez no pudo callar y, arrebatando el grueso volumen que Liliana sostenía en las manos, le preguntó:

—¿Qué significa esto? ¿Acaso se trata de algún tabú o conjuro para evitar la relación íntima, amorosa o sexual que toda pareja debe tener?

Ella lo miró fijamente; en sus ojos había un destello de ira e indignación. Contestó con un reclamo en tono sumamente imperativo.

—Devuélvame inmediatamente mi Biblia, usted no tiene fe ni temor a Dios y debe entregarse primeramente a Él y después yo me entregaré a usted.

Para Lehabim Ali era totalmente improcedente y absurdo escuchar esto, pues ya muchas veces antes habían tenido relaciones íntimas, así que jamás imaginó que los dogmas religiosos pudieran intervenir en su relación, de modo que, muy a su pesar, le devolvió el libro, y dando la espalda a Liliana se dispuso a dormir.

Cuando estaba a punto de conciliar el sueño, Liliana lo irrumpió diciendo:

—Despierte, Alí, despierte. Le voy a explicar por qué debo tener siempre la Biblia conmigo.

«¡Ohhh, no! Esto no puede ser», pensó Lehabim. ¿Y ahora con qué cuento me va a salir esta mujer?

—Muy bien, dime. Te escuchó.

Ella dijo, casi a modo de secreto, acercándose a su oído:

—A mí me persiguen los alacranes… Yo los encuentro por todas partes y no deseo afectarlo —hizo un paréntesis y repuso—. Siempre pasa lo mismo, por eso prefiero permanecer sola, sin pareja.

—¿Quéééé? ¿Cómo? ¿De qué disparates hablas? ¿Y a estas alturas me lo dices? —Lehabim Alí trató de contener la risa por respeto a ella, pero fue imposible; soltó una carcajada y agregó a lo anteriormente dicho—. Esto no tiene nada que ver con tus relaciones anteriores; si han aparecido esos bichos es por mera coincidencia, así que apaga la luz, por favor, y vamos a dormir. Tranquilízate y descansa. Hasta mañana.

Sin embargo, a ciertas horas de la madrugada se escucharon unos extraños ruidos, como chasquidos, que provenían del techo de la habitación, que estaba construido a base de teja y vigueta. Era como si se tratase de un corretear de ratones despertando a Lehabim Alí. «¿Qué clase de bicho podría hacer este tipo de ruido?», pensó. Tal vez se podría tratar de una disputa entre gatos machos por obtener los favores de una hembra, ya que por los techados de esa gran casona merodeaban más de un centenar de felinos. Pero lo más raro es que no escuchaba las escandalosas trifulcas que suelen armar estos noctámbulos animales en ese tipo de andanzas. Así, dándole vueltas a las ideas, estaba cuando: ¡plaf! Sobre su frente sintió un fuerte manotazo que lo hizo brincar abruptamente de la cama, acelerando las palpitaciones de su corazón a un ritmo alocado y, para colmo de su desgracia, el foco de la lamparilla del costado de su cama se había fundido. Pensó que había sido Liliana, quien, en un lapso de enojo, lo había "zarpeado" en la frente. Con todo el valor que pudo invocar se dirigió al interruptor de la pared para encender la luz general de la habitación. La lamparilla individual que Liliana controlaba de su lado se encendió.

—¿Qué es lo que pasa? —preguntó la somnolienta mujer.

—Algo frío y pesado ha golpeado mi frente, no sé qué que pudo ser.

Ella, sin chistar un momento, dijo:

—¡Es un alacrán! Cachee usted entre las cobijas o bajo la almohada.

Aún con cierto recelo, a duras penas, Lehabim Alí accedió a remover almohadas y cobijas, sin hallar nada. Entre ambos removieron la cama hacia un lado para tratar de localizar al supuesto bicho, pero tampoco había nada en el suelo. Todo parecía parte de una psicosis tal vez generada por la conversación que habían tenido horas antes. De pronto, para su categórica incredulidad, por debajo de uno de los zapatos de Lehabim Alí que estaban de su lado bajo de la cama, saltó un enorme alacrán negro con una larga cola color amarilla, mostrando una puntiaguda y gran ponzoña. Lehabim Ali sintió en ese momento que la piel se le erizaba, como un puercoespín cuando se sienten acorralados, y pensó con un poco de sarcasmo: "¿Acaso seré yo la próxima víctima de esta dama de los alacranes?".

De manera asquerosa, pero muy certera, con un severo chanclazo, ella remató al morrocotudo bicho, embarrándolo sobre el piso, haciendo saltar sus fluidos por todos lados, salpicando parte de estos sobre los pies descalzos de Lehabim Alí. Finalmente, después de todo aquel desagradable incidente y haberse aseado minuciosamente, los pies volvieron a la cama, con la única excepción de no regresarla al mismo sitio, ya que en una de las viguetas de madera del techo existían varias hendiduras que se habían formado por el tiempo y el desgaste, haciéndolas coincidir precisamente por arriba de la cabecera de la cama y del lado que ocupaba Lehabim Alí para dormir.

En los postreros días situaron la cama en otra posición, además, ordenaron la reparación de las tablas y viguetas dañadas del techo, tapando todos los posibles recovecos y hendiduras por donde pudiese darse nuevamente un caso similar con alguna otra sabandija que pudiera colarse. De esta forma garantizarían su seguridad contra toda esa clase de bichos y alimañas escurridizas.

CAPÍTULO XVI

Ginebra, tierra del festival del mono nuñez y del sancocho de gallina

7:00 a.m. Miércoles 17 de diciembre de 2008.

Las fiestas y celebraciones navideñas estaban ya en su esplendor. Una oleada de parientes y vecinos visitaban la casa de Oummi año con año durante todos esos días cercanos a los festejos, en donde eran cordialmente recibidos por la misma doña Edelma y Miriam, su hija solterona y hermana de Liliana, quien vivía y acompañaba siempre a su madre.

Con cierta facilidad fui integrado como un miembro más de esa numerosa familia y yo me adapté sin ninguna dificultad, haciéndome bien querido de todos, pero lo más extraño es que Liliana no parecía estar contenta de que se me otorgase ese privilegio y casi nunca participaba en las reuniones familiares, apartándose sin socializar con nadie, permaneciendo sola dentro de nuestra habitación durante muchas horas. Tal parecía que era poseída por una inexplicable energía que le amargaba la existencia, sin ser capaz de aceptar la felicidad de los demás, y eso le enfurecía, aunque debo rectificar en algo:

no siempre estaba sola porque su hija Angélica, en muchas ocasiones, la acompañaba en sus petulantes desprecios hacia los demás.

Al paso del tiempo noté que siempre estaba en pugna y a la defensiva con casi todos, especialmente con sus hermanas, e igualmente con la mayoría de las personas en el pueblo, que solamente la sobrellevaban por ser un miembro más de esa rancia familia que gozaba de muy buena reputación y honorabilidad por tratarse de una de las familias fundadoras de ese pueblo.

A una semana de la celebración de la Noche Buena, el tráfico de personas que visitaban a Oummi parecía ser interminable, y el sábado 20 de ese mes se presentó por la mañana otra persona más en la casa. Supe que se trataba de Adíela María, cuya, independientemente del clásico saludo navideño a Oummi, presencia allí era más bien para hacer una visita a Liliana. Ellas habían sido amigas de toda la vida, fueron juntas a la escuela y siempre se trataron como hermanas. Las vi charlar alegremente sentadas en la sala privada frente al jardín y todo marchaba bien. Las observé sonreír alegremente hasta que se suscitó un sutil reproche que Adíela María le hiciera a Liliana por no haberse acordado del día de su cumpleaños y felicitarla. Esto fue suficiente para que Liliana estallara en cólera y que aquella plática cordial se transformara en un sainete. Liliana se levantó furiosa, creo que hasta me pareció verla espumear como perro rabioso por la boca, pidiendo a Adíela María que no se atreviera nunca más hacerle reclamación alguna, pidiéndole en ese momento que se retirara de la casa. Mientras tanto, Adíela María permanecía sentada en el *loveseat* de aquella confortable sala, con una expresión de zozobra y sin saber qué hacer o qué contestarle a su amiga. Francamente, yo pensé que Liliana bromeaba al pedirle a Adíela María que se fuera, pero no, no fue así. Eso era realmente lo que quería Liliana.

Adíela María salió de la casa de Oummi con un llanto incontrolable y Liliana se quedó sentada ahí mismo, imperturbable, muy tranquila, como si nada hubiese ocurrido. Naturalmente, esa actitud de insensibilidad me llamó mucho la atención. Sinceramente me pareció algo muy extraño y de mal gusto, de manera que no pude evitar decirle que no era nada correcta la forma de tratar así a una amiga de toda la vida. Una relación de amistad de tanto tiempo debe cuidarse y permanecer, sin embargo, las respuestas de Liliana cada vez me sorprendían más, pues la contestación que obtuve fue que ella era una mujer insufrible e imperturbable, que nada ni nadie la turbaría de sus planes, incluyendo sus hijas, y que Adíela María sólo era un incidente más que ocurría en su vida. Estas duras palabras, sobre todo esa inmutable frialdad de su persona, me dejaron pasmado y pensando: "¿Entonces qué pasará conmigo después?".

Esto me hizo recordar aquellas noches cuando conversábamos a la distancia a través de nuestras computadoras. Siempre me hablaba de querer emprender una nueva vida, dejando todo su pasado atrás: país, hijas, madre, familia entera, etc., sin importarle el qué dirán, ya que su vida había sido perturbada por un nefasto sujeto, amigo de la familia, convirtiéndola en madre a los 16 años.

Aquel hombre, de 35 años, amigo y socio de su señor padre en los negocios cafetaleros, había ganado la confianza de la familia, haciéndose el novio oficial de Liliana y pidiéndole a don Alberto anticipadamente la mano de su hija para esperar unos años más para que ella madurara. Sin embargo, ese novio, y padre de su primer hija, una noche en la que los padres de Liliana no se encontraban en casa, la cogió por detrás y a la fuerza la violó, quedando embarazada. Y como casi siempre suele suceder en este tipo de situaciones, el sujeto no aceptó su responsabilidad, desapareciendo de la comunidad. Liliana tuvo que asumir sola todos los deberes en la crianza y cuidados de su hija y enfrentar a su señor padre, quien la excluyó de toda herencia y participación de los bienes familiares por considerar que Liliana había provocado e incitado a aquel buen hombre a intimar con ella.

También me había contado de su segunda hija, nacida de un matrimonio casi forzado que no duró mucho, ya que el papá de Angélica había estado recluido en un hospital psiquiátrico para el tratamiento del carácter violento y la dependencia a ciertos medicamentos; actitudes que continuaron existiendo en su matrimonio, teniendo que divorciarse de él. Lo más curioso de este caso es que ella había perdido la custodia de su hija en este pleito, y la verdad es que nunca me importó saber por qué el señor juez le negó la custodia a ella; aunque después me enteré por fuentes fidedignas, que por mera ética no revelaré, de que quien estuvo recluido en ese hospital psiquiátrico fue ella y no Henry, su exesposo. También me dijo que cuando la niña tenía ocho años, el buen Henry se la había devuelto, argumentando que no podía seguir haciéndose cargo de ella, pues nadie en su familia quería apoyarle más en los cuidados y educación de la culicagada en cuestión. Además, los horarios y cargas de trabajo que Henry manejaba le impedían pasar tiempo con la mocosa, así que, inevitablemente, Liliana tuvo que tomar riendas en el cuidado de su hija, teniendo que dejar y perder todo un estatus de vida libre e independiente que logró conseguir.

Todos estos relatos, aunados con aquellas conversaciones que habíamos sostenido en el pasado inmediato, comenzaron a hilarse y a tener sentido con el presente acontecer de los sucesos. Creo que Liliana, en su inconsciente, trataba de rescatar nuevamente una forma de vida más alivianada y buscaba la manera de evadir y huir de los compromisos y obligaciones, digamos "recién adquiridos", con su pequeño demonio, teniendo que adoptar una postura de hierro, fría y carente de todo sentimiento noble. Naturalmente, yo me negaba terminantemente a creer que se me había utilizado, convirtiéndome en la fórmula adecuada para alcanzar sus embrollados propósitos, ya que ella no dejaba de descartar la posibilidad de migrar de su país y casarse en México. Lo que nunca quedó muy claro es si se casaría conmigo.

María Virginia era otra más de las amistades que frecuentemente visitaban a Liliana. Sus pláticas siempre parecían muy amenas y era de esas muy pocas veces cuando se le podía ver sonriendo y conversando gustosamente. Liliana también me había contado que ellas dos habían compartido vivienda en la ciudad de Cali, que María Virginia tenía dos hijos mayores de edad que ya no dependían de ella y de sus cuidados, de modo que ella viajaba mucho y cambiaba de pareja como cambiar de bolso o de pantaletas. A menudo la invitaba a salir con ella y con algún acompañante, pero ella aseguraba que siempre prefirió mantenerse ocupada y juiciosa, trabajando en su propio taller de joyería, negocio que iniciaba con ponderada prosperidad en la ciudad de Cali y el cual le redituaba de forma muy positiva en sus finanzas. Además, así pudo conocer y relacionarse con mucha gente, sobre todo del turismo nacional e internacional, con quienes comercializaba estupendamente todos sus productos de joyería que ella misma manufacturaba, e incluso hasta diseñó su propia marca, a la que llamó "CoCo & Art" (Colombia Colibrí y Arte). Pero, lamentablemente, todos estos logros y proyectos de expansión se le vinieron abajo cuando Henry decidió enviarle de regreso la custodia de su pequeño "engendrito", teniendo que enfrentar todas las calamidades que la recién devuelta mocosa le ocasionaba, y fue precisamente en ese transcurso del tiempo cuando comenzamos a escribirnos, haciéndome participe de todos estos asuntos que le aquejaban en aquellos tiempos. Siempre se refirió, constantemente, al mal comportamiento y el carácter rebelde y caprichoso de su hija

Angélica, y es hasta ahora cuando voy entendiendo a qué se refería, ya que me ha tocado ser testigo presencial de muchas argucias urdidas por esta precoz niña de índole perverso en contra de sus familiares, su abuela y hasta de su propia madre. ¡Claro, por supuesto, yo no podría ser la excepción!

Las celebraciones navideñas y de fin de año llegaron por fin, transcurriendo en un ir y venir de amigos y familiares que hacían presencia en la casa de Oummi todos los días. Tanto en la Navidad como en el año nuevo, la cena, los regalos, los abrazos y las felicitaciones entre todos fueron abundantes. El ambiente familiar era de mucha cordialidad; yo sentía algo especial durante aquellos días, sin embargo, también mi alegría no era completa, puesto que la nostalgia me llegaba fuertemente, extrañando a mis hijas, nietos y especialmente a aquel pequeño nieto al que yo llamaba Mohandis (el ingeniero). También sentía nostalgia por los amigos y por aquella enigmática isla que había cautivado mi corazón. Ahora todas esas personas y lugares se encontraban a kilómetros de distancia; tal vez tendría que pasar mucho tiempo para volver a verlas. En fin, era hora de sacudirse las nostalgias y tomar el presente tal cual como se encontraba en ese momento, así que grité con todo mi entusiasmo, tal vez para sacudirme las nostalgias de mi alma:

—¡Feliz Navidadddddd!

En una de tantas noches en las que veíamos el televisor juntos, al estar buscando un canal para sintonizar un buen programa, no sé por qué, repentinamente detuve mi búsqueda, pues al mirar en la pantalla observé a dos interlocutores con muy marcadas diferencias llamando mi atención. Uno de ellos estaba siendo entrevistado. Se trataba de un hombre maduro de apariencia tranquila y de franca sonrisa; proyectaba paz en su rostro y mucha seguridad al expresar sus respuestas; vestía un traje de color gris Oxford oscuro, camisa blanca y corbata azul cielo, y en la solapa del lado izquierdo de su saco llevaba puesto un pin que no pude distinguir. Abajo de ese pin portaba igualmente un clavel blanco, pero lo que realmente captó mi atención fue que este hombre hablaba sobre el amor, la fe y la creencia en Jesucristo y cómo seguir su ejemplo. Hablaba sobre el error que cometen las personas al seguir las nuevas tendencias y confundir o tergiversar las enseñanzas, insistiendo en adoptar falsas doctrinas religiosas, sometiéndose al paganismo, convirtiéndose en miembros de nuevas y modernas iglesias o, peor aún, sumiéndose en el nefasto fanatismo. El hombre que realizaba la entrevista era un sujeto joven de apariencia burlona e insolente, y con sus preguntas, de forma tendenciosa, trataba a toda costa de trabar a su entrevistado para llevar las respuestas de su interlocutor hacia un sentido inducido a lo que este gran granuja, sus directivos y parte de su teleaudiencia querían escuchar. Continuaba machacando, tratando de aludir a su entrevistado, diciendo que existe un mundo lleno de grandes profetas e iluminados dirigiendo a millones de siervos dóciles, convirtiéndolos en "autómatas" para que sólo hagan las cosas por mandato o por temor, mas no por convicción propia.

El hombre maduro que era entrevistado esbozó una gentil sonrisa antes de contestar y con mucha calma respondió al que lo entrevistaba.

—En efecto. Así es, Carlos. Te concedo toda la razón en esto, ciertamente la humanidad de esta manera tiene que seguir permaneciendo sometida, según la visión de todos estos sanedritas y amanuenses modernos mercenarios de la fe, pero como ya antes lo he mencionado, la fe y creencia en Jesús no es una religión, tampoco es una forma o estilo de vida —el entrevistado guardó silencio por unos segundos para continuar con su razonamiento—. Esto va más allá de todo —volvió a hacer otra pausa—. Con esto te quiero decir, Carlos, a ti y a toda tu teleaudiencia, que más allá de las etiquetas, más allá de la posición social o económica, más allá de los títulos académicos o de la nobleza, esto es más sencillo de obtener, tan sólo se trata de contraer un compromiso y un comportamiento de humildad en tu persona, mas no de pobreza de espíritu, porque eso te llevará, irremediablemente, directo a una vida miserable repleta de carestías —prosiguió su discurso—. Seguir a Jesús es convertirse en un hombre rico, repleto de salud, de libertad; es actuar con humanismo. Así obtendrás el amor, la tolerancia, la honestidad, el trabajo, la pulcritud y el respeto hacia los demás en todas las aéreas y actividades que realices en el transcurso de tu estancia en este lugar.

Para desgracia del entrevistador, y la fortuna de quienes éramos testigos de la entrevista en ese momento, evidenciamos cómo el entrevistado siempre tenía la respuesta correcta en el momento preciso, de tal forma que dejaba al engreído y marrullero entrevistador sin ninguna posibilidad de rebatir.

Proseguí escuchando y disfrutando de esa entrevista y así me enteré de que el entrevistado era el pastor Cristiano Gonzalo Gualderrama, de la congregación Pan Divino, y que el otro sujeto, quien realizaba la entrevista, era un afamado periodista de nombre Carlos Lorín de Muelas; su nombre no tiene la mayor importancia, pero lo que sí tenía demasiada importancia, por lo que a mí me atañe, es que fue a partir de ese momento que me obsesioné en investigar y conseguir la forma de contactar con el pastor Gualderrama y su agrupación. Sin imaginarlo, casualmente fue Liliana mi primera fuente de información, pues de manera espontánea, o quizás por mera providencia, me proporcionó los primeros datos importantes al comentarme en ese momento, en el que yo reflexionaba, que ella misma había asistido algunas veces a los sermones que oficiaba el pastor Gualderrama en los servicios de los sábados en la ciudad de Cali. También me dijo que una de sus amigas, llamada Damaris y que vivía en los Estados Unidos de América (EUA), había conocido al pastor Gualderrama allá en la ciudad de Houston, Texas, durante una entrevista y conferencia que concedía para un canal de televisión, y que, a pesar de que ella era nativa de la ciudad de Cali, viviendo ahí jamás oyó hablar del pastor y su agrupación.

A Liliana le pareció una coincidencia la forma en que su amiga Damaris y yo nos habíamos enterado de la existencia del pastor, así que, aprovechando su comentario, le expliqué que me sería de suma importancia asistir a esos servicios y si acaso cabría la posibilidad de que ella me diera las indicaciones necesarias para llegar hasta el sitio en donde se impartían estos servicios. Afortunadamente, eso no fue ningún obstáculo, pues de inmediato ella misma se ofreció a llevarme personalmente al mismísimo lugar de esas reuniones, sólo que me advirtió que tendría que ser hasta los primeros días del mes de enero del año que estaba iniciando.

CAPÍTULO XVII

El encuentro

7:00 a.m. Sábado 7 de febrero de 2009.

No fue sino hasta febrero, después de algunos contratiempos, que, "por angas o por mangas", en el transcurso de esos días de fiestas y finales de año, y también por el inicio de la mal llamada "cuesta de enero", en donde casi todo mundo se queda en la prángana, con los bolsillos completamente vacíos por los muchos gastos y regalos que se generan en este tipo de celebraciones y mitos, finalmente se dio la oportunidad de viajar a la ciudad de Cali, con el firme propósito asistir a una de las conferencias que impartía aquel hombre al que yo había visto por televisión en aquella entrevista, el hombre que dirigía y representaba aquella enorme congregación de personas de la iglesia Pan Divino.

Faltando algunos minutos para las 10 de la mañana, un taxi nos situaba frente a un antiguo inmueble en la ciudad de Cali. Al descender del automóvil logré escuchar los primeros ensayos de los coros y músicos que ya se encontraban en el estrado. El acceso al salón no parecía suficientemente amplio para dar paso a ese caudal de personas que se arremolinaban en la entrada, pero esto tenía un propósito del cual me di cuenta, puesto que todos eran recibidos con gran regocijo por un centenar de personas. Los hombres y las mujeres estaban pulcramente ataviados con falda o pantalón negro y la prenda superior, tanto de ellas como de ellos, era de color azul cielo, portando sobre su lado izquierdo una gladiola blanca y un discreto pin en el que se inscribía la palabra "ujier". Nosotros no fuimos excepción e igualmente fuimos recibidos por una de estas amables y sonrientes personas, que gentilmente nos guiaba, indicándonos hasta dónde se encontraban un par de puestos vacíos para ser ocupados por nosotros. Sin embargo, yo no me sentía satisfecho con el sitio que nos había asignado esta amable mujer, ya que nos encontrábamos muy distantes de ese engalanado escenario, así que me dediqué a otear con la mirada puesta por todos lados y avizoré varios lugares vacíos en la tercera fila, y sin pensarlo dos veces, tomé a Liliana de la mano y la conduje hasta donde se encontraban esos asientos libres, tomando dos de estos. De pronto, sentí la mirada de muchas personas que nos vislumbraban con un cejo de extrañeza, fue entonces que vi, en el respaldo de todas esas sillas de la tercera hilera, un letrero con la leyenda: "Reservado invitado especial". Dos de los ujier nos señalaban que no podíamos permanecer en ese sitio reservado, aunque yo les rogaba e insistía que me dejaran permanecer allí en lo que llegaba el pastor Gualderrama, pues mis intenciones sólo eran verlo más de cerca. En ese debate estábamos cuando comenzaron a llegar esos invitados especiales y, a punto de desalojar mi butaca, instintivamente miré hacia el estrado, y, para mi mejor sorpresa, me topé con la mirada del pastor Gualderrama, quien en esos momentos hacía su aparición, haciendo una señal a sus ujieres para que nos permitieran quedarnos en ese sitio e indicarles que colocaran un par de sillas en un costado y sobre el estrado para aquellas dos personas quienes habían sido despojadas de sus asientos por mi atrevimiento, que ahora ocuparían esas sillas sobre el estrado, aún más cerca que cualquier otra persona. Así que pensé con satisfacción que tanto nosotros dos como aquellas otras dos personas fuimos muy privilegiados por mi osadía. Naturalmente, el pastor Gualderrama, por alguna razón, intercedió para que no fuéramos removidos de ese sitio.

Al término del evento traté de apersonarme con el pastor, pero rápidamente fue rodeado por sus ujieres y por todas aquellas personas invitadas de la tercera fila en la que yo me encontraba con Liliana, quien, por cierto, no hizo ningún intento por levantarse de su butaca, haciéndome titubear, haciéndome perder algunos segundos, de modo que cuando reaccioné para acercarme a aquel hombre ya era demasiado tarde: una muchedumbre de personas lo cercaban, todos, a la vez, tratando de hablar con él.

Sin duda fue una gran satisfacción escuchar esa mañana la interesante prédica impartida por aquel hombre, que con cada palabra marcaba en mi cerebro un sinnúmero de profundas analogías sobre el comportamiento de los seres humanos que han llevado a estos a confundir los propósitos que tiene Dios para ellos, y cómo o de qué manera se han encargado de distorsionar para su propia conveniencia las enseñanzas de las santas escrituras, llevando a millones de fieles a vivir atemorizados, etiquetándolos como los culpables, obligados a llevar consigo una vida llena de penitencias y conformismo. Mi intención de increpar sobre algunos conceptos se esfumó, aclarándose mis dudas y mi afán por discutir ciertas subjetividades sobre este asunto de las sociedades religiosas; en pocas palabras, se eclipsó.

Los días posteriores a la visita hecha aquel sábado 7 de febrero a la congregación se tornaron casi fugaces por la ansiedad de esperar a que llegara el siguiente sábado y escuchar nuevamente el sermón del pastor Gualderrama, pero resulta que el día 14 de febrero cayó en sábado, empeñándose Oummi, todas las hermanas de Liliana y ella misma en celebrar el día del amor y la amistad. Así que no fue sino dos semanas después que pude hacer mi segunda visita a la congregación Pan Divino.

En aquella ocasión fui instalado a mitad del salón. Yo pensaba que esta vez saltaría rápidamente hasta el estrado y lograría capturar ahí al pastor, presentándome con él. Todo estaba fríamente calculado. No me preocuparía dejar sola unos momentos a Liliana y de este modo poder desplazarme con mayor agilidad, sin embargo, al término del sermón volvió a ocurrir lo mismo: la muchedumbre se abalanzó nuevamente, rodeando al pastor, y otra vez me quedé con un palmo de narices. Mi agilidad fue superada por los obstáculos humanos que se interponían entre el pastor y yo y por el desorden de la muchedumbre. Sin embargo, no todo estuvo perdido, pues nuevamente, por alguna razón desconocida, el pastor Gualderrama giró su cabeza y miró directamente hacia donde yo me encontraba, haciéndome un guiño y con su mano izquierda una señal, levantando su dedo pulgar hacia arriba en señal de éxito. Me sorprendí por ese suceso y contesté la señal de la misma manera y diciendo para mis adentros: "Éxito también para usted, pastor".

Conforme fue pasando el tiempo, cada sábado era esperado por mí con cierta impaciencia porque sentía que esas charlas, de alguna manera, estaban transformando mis conceptos de cómo debe escudriñarse o entenderse todo aquello relacionado con la existencia, la creencia y la fe en Dios, Alá, Yahvé o como se le llame según sea la el idioma o región, pero sin dejarse caer en las engañifas, las diferencias o las interpretaciones a conveniencia de las miles de iglesias, religiones o sectas existentes, dirigidas en su mayoría por verdaderos embusteros mercenarios de la necesidad espiritual y el dolor ajeno. Sin embargo, todas esas prédicas eran totalmente indiferentes para Liliana, todo lo contrario a mí, que entusiasmaba por desear escuchar más de estas. Esto le incomodaba demasiado; tan sólo había que ver el comportamiento antisocial que adoptaba con las demás personas de la congregación, haciéndose más evidente cuando nos encontrábamos escuchando alguna de las conferencias que impartía el pastor. Noté, igualmente, que en su rostro y mirada existía una amargada y opaca expresión cuando de vez en vez dirigía su vista hacia el pastor, causándome escalofríos.

A pesar de todos los intentos que hice por presentarme o tener una conversación privada con el pastor, esto nunca sucedió. De lo que sí puedo estar seguro es que él se dio cuenta de mi presencia e interés por las ideas y enseñanzas que de él emanaban y que tampoco supo mi nombre e identidad.

Al fin llegó el día en que Liliana me advirtió que ella no me acompañaría más a las conferencias en la ciudad de Cali, tornándose una vez más totalmente indiferente y agresiva conmigo. Su constante bipolaridad me confundía, tal vez me aterraba o probablemente me estaba aburriendo…

Me propuse continuar asistiendo solo a muchas más conferencias del pastor Gualderrama en la ciudad de Cali, y como he dicho antes, el encuentro que tuve con él jamás se dio físicamente, ni siquiera verbalmente, y es hasta ahora que comprendo que fue algo mayormente sublime, tan sublime que no sabría cómo expresarlo. Tan sólo diría: "Gracias, pastor, por todas sus enseñanzas para ayudarme a cambiar y modificar mi vida, por guiarme hacia el camino correcto y pasar a ser un fiel seguidor de Jesús de Nazaret".

CAPÍTULO XVIII

Poseída por demonios

7:00 a.m. Viernes 3 de abril de 2009.

"Ayyyyy… ayyyyyy, mamá, mamá, mamááááá". Unos gritos espantosos me sobresaltaron esa mañana. La bellaca niñita hija de Liliana se encontraba en uno de los baños dándose una ducha para asistir al colegio mientras que yo me disponía a deleitar mi paladar con un calientito y tempranero café tintico, acompañándolo con algunas piezas del delicioso pandebono caleño cuando fui interrumpido abruptamente por esos estremecedores alaridos. Contra toda mi voluntad, pero recordando todas aquellas enseñanzas recibidas sobre el amor, el perdón y, además, siendo imprescindible llevarlas a cabo, me vi obligado a suspender mi placentero momento de reflexión para acudir al auxilio de la menor.

El griterío siguió por unos minutos más, despertando a todos los inquilinos de la casa. Al ubicarme frente la puerta del baño de donde provenían esos horrorosos alaridos, me quedé ahí parado sin saber qué hacer, pues no podía o, mejor dicho, no era correcto irrumpir en ese baño para evitar el conculcar la intimidad de la escuincla gritona, pero, para mi tranquilidad y sorpresa, en ese momento, sin saber de dónde había salido, Liliana entró en acción, propinándome zendo empellón, expulsándome abruptamente sobre una pequeña mesilla de ornato que se ubicaba junto a la puerta, y como una ráfaga penetró al interior de aquel baño. Segundos después sacó a la mocosa casi desnuda, llevando puesta solamente una pequeña toalla que le cubría la cabeza y parte del torso, dejando ver al aire las nalgas y largas piernas de aquella chillona. Por respeto me giré y volví al recinto donde me encontraba minutos antes de todo este caos para dar reinicio a mi reflexión, sin poner mayor cuidado en lo sucedido.

Habían transcurrido ya alrededor de 35 minutos de aquella escandalosa eventualidad cuando, de pronto, una vez más mi calma volvió a ser violentada por un ir y venir de tres de las mujeres adultas de la casa, Oummi, Liliana y Miriam, quienes llevaban consigo sendos cubos con agua, escobas, recogedores, escobetillas etc., e iban dotadas también de varios químicos para la limpieza, como jabón en polvo, cloro, e insecticidas.

En ese momento me surgió la incógnita de qué era lo que estaba ocurriendo. Por fortuna no pasó mucho tiempo para darme cuenta, pues aquellas cubetas que metían al baño con agua y cloro las regresaban repletas de gusanos blancos, parecidos a los que en México se les conoce como gallinitas ciegas, que ahora reposaban en una sustancia semitransparente y densamente viscosa; demasiado repugnante a la vista. Además, aún se retorcían en su agonía por el daño causado por los químicos con los que habían sido rociados. El siguiente paso era ser vertidos en el jardín para inmediatamente rematarlos con fuego, provocando un pestilente e insoportable aroma que me hizo saltar de mi cómoda platea.

Las mujeres continuaron su labor sin voltear a verme, excepto Liliana, quien a lo lejos me centelleaba con una mirada extraviada en la cólera, haciendo erizar los pelos de mis brazos, así que mejor opté por retirarme del lugar.

Más tarde, ya estando a solas, no se hizo esperar el reclamo de Liliana, y aquel brillo que vi por primera vez en sus ojos se había extraviado en alguna parte del tiempo. Aquellos hermosos ojos de color iridiscente ahora se tornaban rojizos en su esclerótica y las pupilas se tornaban totalmente oscuras y lúgubres, encuadrando en un rostro pálido y desencajado que se había llenado de arrugas. Su cabellera oscura como el azabache se había transformado en una maraña de pelo canoso y cenizo del que brotaban algunos mechones oscuros. Ella comenzó a reprocharme y a culparme por todas las penalidades que ahora le atañían, como el tener la obligación del cuidado de su hija Angélica, quien, según ella, debería seguir al lado de su padre. Su reclamo también incluyó que yo había prometido sacarla de Colombia y no tener que haber regresado a la casa de su madre, pues las expectativas que ella tenía eran rehacer su vida conmigo, contrayendo nupcias en México, y que ambos olvidáramos todo nuestro pasado, hijos, padres, familia y amigos. El amor suele volverse egoísta e impertinente en algunos casos, dejando que el corazón se desborde y la razón se nuble.

No sé por qué, pero por algún motivo sus reclamos me hicieron sentir responsable de sus amarguras; hasta ahora comprendo que me dejé envolver por sus artilugios, pero eso ya lo explicaré más adelante.

6:30 a.m. Sábado 4 de abril de 2009.

Ese sábado salté de la cama pensando en la conferencia del pastor Gualderrama; también noté que Liliana no estaba en la cama. Supuse que se habría levantado más temprano de lo normal para apurar el desayuno de Angélica y preparar el pequeño maletín con su ropa y pertenencias personales y así despacharla con su papá, que cada 15 días pasaba por la mocosa para que compartiera con él y sus abuelos paternos el fin de semana, según lo establecido por el juez.

Después de mi aseo personal y vestirme, salí de la habitación para dirigirme a la cocina, despedirme de Liliana y salir rumbo a la conferencia; al mismo tiempo cavilaba sobre el doble sainete causado por el derrame de gusanos que pulularon saliendo del céspol de la regadera el día anterior, y que posteriormente fueron depositados sobre el césped y plantas del jardín interior de la casona. Pero al ir descendiendo por las escaleras advertí que otra plaga de bichos comenzaba a asomarse, ya que una gran hilera de negras hormigas marchaba desde un rincón del patio de servicio, donde se colocaba la basura y desperdicios de la casa, hasta el jardín interior, en un constante andar de ida y vuelta, devorando y destrozando a estos "suculentos" cadáveres achicharrados de gusano blanco, que además habían sido rociados con cloro y otras sustancias químicas, lo cual parecía no afectarles, llevando entre sus mandíbulas grandes trozos de estos jugosos manjares. La tropa de hormigas fue haciéndose cada vez más grande, extendiéndose hacia las áereas aledañas a la cocina, sala y comedor, como si se tratase de una alfombra saltarina con movimiento propio.

La invasión de estos miles de artrópodos parecía incontrolable. Al llegar al último peldaño me vi obligado a frenar mi marcha por completo, pues era casi imposible caminar sobre esas hormigas negras invasoras, ya que muy probablemente se me treparían por entre el pantalón y las piernas, causándome un sinnúmero de dolorosos piquetes en ellas, y seguramente que en las partes nobles también, así que mi primera reacción fue despojarme de la camisa que llevaba puesta y con ella, utilizándola a manera de escoba, comencé a barrerlas, abriéndome paso hasta llegar a la estantería de los aparejos de limpieza utilizados para el aseo de la casa, que se ubicaban precisamente dentro del patio de servicio, de tal manera que pude asirme de una escoba, ya que de la camisa que me había servido de barredora pendían un buen número de estas agresivas combatientes. Con escoba en mano fui barriendo a estos visitantes no bienvenidos, abriéndome camino hasta llegar a la cocina, dándome cuenta de que en ese sitio no estaba Liliana. Supe entonces que esa noche yo había dormido solo. Supuse que ella estaría en otra habitación, ¿pero en cual de todas? Apenas transcurrían las 6:45 de la mañana y no me quedo más remedio que dar la alarma de la nueva y desafortunada invasión de hormigas, accionando una chicharra que había en casa, expresa para esos casos de peligro, despertando a todos los demás miembros de la familia.

Todos los adormilados inquilinos dejaron sobresaltados sus camas, buscando alocadamente salir de sus respectivas habitaciones, pero con un mayúsculo grito frené sus intenciones:

—¡Altooo! Nadie salga ni pise descalzo el piso, hay hormigas por todos lados.

Entre la penumbra de la inicial mañana y el amodorramiento no lograban aún percatarse de los invasores. La última puerta en abrirse fue la de la habitación de la niña Angélica, y entonces supe que Liliana allí había pernoctado con su hija. Yo continué barriendo a estos fieros combatientes, olvidándome de su oprobio y procediendo a dotar de escobas a todos los inquilinos de la casa. Aquello se volvió una batalla campal un tanto desigual, ya que, aunque aquellos individuos se contaban por miles, nosotros llevábamos ventaja, pues contábamos con el suficiente equipo, que era utilizado como un fuerte y eficaz arsenal de guerra para repeler aquella inesperada invasión, logrando cercarlas en uno de los rincones del jardín y lanzarles fuego, haciéndome recordar aquellos temibles lanzallamas utilizados en la Segunda Guerra Mundial. Muy a mi pesar sentí lastima por estos fieros guerreros y cavilé en mis pensamientos que ojalá nunca, pero nunca, nos tocase vernos así, vencidos y exterminados por otras fuerzas superiores o extraterrestres.

Terminada toda esta odisea, todo mundo se tomó algunos minutos de relajación y descanso antes de pasar a desayunar, sin embargo, las dos inadaptadas de la familia regresaron a introducirse en la habitación donde pasaron juntas la noche. Procuré no tomar en cuenta, una vez más, esa descortés acción y me dispuse a departir alegremente con los demás integrantes, haciéndonos bromas sobre aquellos gusanos y hormigas invasoras, argumentando sus probables propiedades alimenticias y proteínicas, pudiendo llegar a ser en un futuro no muy lejano nutritivos platillos y ser servidos en nuestras mesas. En esos momentos de chorcha no imaginaba lo que vendría después.

Jamás me imaginé que aquella hermosa y delicada mujer con quien yo había tratado y conocido a través de internet, pasando tantas y tantas noches de placenteras charlas llenas de proyectos para ambos, se hubiera transformado en una mujer que ahora encarnaba, amargada y perturbada, sus miedos y su pasado.

Pues bien, ese sábado 4 de abril, para mi pesar, no pude asistir a la conferencia del pastor Gualderrama por los hechos acaecidos esa mañana, así que pensé que sería buena idea invitar a Liliana y a su hija Angélica a dar un paseo al campo para comenzar a limar asperezas entre nosotros, aprovechando que la mocosa no pasaría con su padre este fin de semana. Aunque no fue sencillo convencerlas, finalmente aceptaron. A propuesta de Liliana nos dirigimos a un lugar llamado Puente Piedra, que está a 20 minutos de Costa Rica, corregimiento de **Ginebra**. Se trata de un puente que está construido encima de una gigantesca roca que une la montaña de lado a lado, y por debajo de este puente se puede observar el caudal del río que al caer forma una espectacular cascada de aproximadamente siete u ocho metros, en realidad no supe cuántos. La fuerte caída de agua formaba vapor y se podía llegar a ver los colores del arcoíris.

Nos desplazamos hasta una distancia prudente de esa caída de agua, encontrando sobre el río una pequeña charca, y por la claridad del agua se lograba a ver la baja profundidad que tenía, e igualmente podía verse en el fondo un centenar de pequeños pececillos pardos que con gran habilidad evadían ser aplastados o capturados por los bañistas. Igualmente, en el fondo se mezclaba una multitud de piedrecillas de varios tamaños y colores, que iban desde unas de tonalidades crema o amarillentas, otras de color gris, otras más de color café, hasta algunas rojizas que en cierto modo incomodaban al pisarlas, llegando a lastimar ligeramente la delicada piel de la planta de los pies. Las piedras más grandes dificultaban un tanto nadar con libertad, pudiendo llegar a toparse en la cabeza con alguna de ellas, sin embargo, nada de esto nos impidió disfrutar de ese alegre rato, haciéndonos olvidar de esos malos ratos que habíamos estado pasando. Creí francamente que las desavenencias en nuestra relación de pareja estaban siendo, en buena parte, redimidas, pensando que sería de mucho provecho llevar a cabo este tipo de paseos más seguido.

Observé que al paso de las horas, Liliana daba un giro de 180 grados, volviendo nuevamente a ser otra vez aquella dulce y frágil mujercita de la fría pantalla del computador, colmándome de abrazos, besos y risas, pero en el rostro y mirada de la chiquilla destacaba un gesto de desaprobación y maldad. «Malaya sea», pensé. La causa de todos los conflictos radicaba en esa mocosa perversa; es esa niña, hija de Cachatán, quien manipulaba y controlaba a la perfección todas las acciones y sentimientos de Liliana y de la familia, o por lo menos parte de ella. Y no estaba dispuesta a ceder ni un centímetro ni echar paso atrás de su privilegiada posición, recibiendo todo el cuidado y atención de su madre para cumplir con todos sus caprichos. Yo sabía que esta pequeña arpía lucharía con todo su poder y fuerzas en mi contra, y que no le dará jamás ninguna opción a su madre de elegir un nuevo proyecto de vida para ella.

Queriendo distraer la aflicción que invadió mi mente en ese momento, decidí zambullirme en el agua fría del río y me sumergí, buceando para llegar al sitio a donde estaba Liliana asoleándose sobre una gran roca, pero al tratar de emerger a la superficie sentí que un cuerpo pesado se abalanzaba encima de mí, impidiendo que yo pudiera sacar la cabeza para tomar aire. Por algunos segundos se dio un forcejeo; yo trataba de salir a respirar y la fuerza contraria de unas manos sobre mi nuca me empujaban al fondo de la charca. Haciendo gala de mis conocimientos y experiencia de nado en mar abierto, di una voltereta de campana para zafarme de ese insistente gancho, logrando mi cometido e impulsándome hacia arriba para salir finalmente a la superficie y tomar una gran bocanada del ansiado aire, y también para cerciorarme de quién había sido capaz de hacerme esa pesada jugarreta. Por un instante pensé en aventar la bronca a unos jóvenes que chapoteaban cerca de mí, pero de pronto detuve mi ira en contra de ellos al escuchar las carcajadas de Angélica, que, a la vez que reía, alzaba los brazos haciendo una señal obscena con los dedos medios de las manos, insultando mi ego e indicando su victoria. No daba crédito a lo sucedido. Esa criatura perversa había iniciado una guerra tratando de ahogarme, por desgracia, este suceso pasó inadvertido para Liliana, quien aún permanecía reposando plácidamente sobre aquella enorme roca, con unos lentes oscuros para el Sol puestos en sus ojos y, para colmo, un sombrero de ala grande cubriendo parte del rostro. «Qué mala suerte», me reproché en ese momento.

7:45 p.m. Sábado 4 de abril de 2009.

Durante el trayecto de regreso a casa de Oummi, el retorcido ángel del mal, quiero decir, la pequeña hija de Liliana, se sentó y acomodó junto a ella todo el camino. No tuve forma de acercarme, puesto que en el asiento del transporte en el que viajábamos sólo existía cupo para cuatro personas, de modo que tuve que ubicarme en otro asiento más alejado de ellas, observando que ambas hablaban y reían jocosamente, pero de vez en cuando la maliciosa mocosa me miraba con suspicacia, volviendo nuevamente al diálogo con su madre.

Al llegar a casa noté una vez más, en la cara de Liliana, un semblante desencajado, mas no quise esperar a que el tiempo siguiera transcurriendo e intenté contarle el incidente ocurrido en el río, pero, muy a mi pesar, astutamente, la malintencionada chamaca ya me había ganado la partida, adelantándose para darle otra versión de los hechos, argumentando que yo había resbalado con una piedra, perdiendo el equilibrio; en ese momento ella se acercó, tratando de ayudarme para que yo pudiera incorporarme, pero en vez de agradecerle su pronta ayuda fue recibida con un fuerte empujón de mi parte, haciéndola caer hacia atrás, golpeándose en la cadera y las nalgas, y portándome como todo un patán con ella. De algún modo tenía que contrarrestar esa calumnia, así que no tuve más remedio que defenderme diciendo que en mi desesperación por salir del agua intenté asirme de ella, pero no pude calcular la distancia y el punto exacto en donde Angélica se encontraba, impulsándome a la superficie con todas mis fuerzas y atizándole el empujó. En mi aflicción por aclarar este asunto trataba de explicarle a detalle todo lo ocurrido, pero de pronto, sin más, como si ese incidente jamás hubiese ocurrido, Liliana se acercó a mí, dándome un beso e increpándome que me daría un plazo de dos meses más a partir de ese momento para que definitivamente fijásemos una fecha para realizar nuestro matrimonio en Colombia y que después cumpliera con la promesa que le hice de viajar a México ya casados. Angélica se quedaría nuevamente con su padre en Colombia. Después legalizaríamos nuestro matrimonio en México, porque de no hacerse así las cosas, como estaba prometido, tendría que darse por terminada nuestra relación. No puedo negar que lo que más me gustó de todo ese reclamo fue que por fin nos quitaríamos de encima a la malvada niña posesa. Tuve que disimular mi alegría ante ella para evitar que pudiera revirar la decisión, así que le prometí que iniciaría de inmediato las gestiones necesarias para ese propósito.

9:00 a.m. Lunes 8 de junio de 2009.

Los trámites del matrimonio en Colombia dieron inicio, pero, a través de los muchos papeleos y requisitos que exigían las leyes civiles del país, nos topamos con un imprevisto que no habíamos tomado jamás en cuenta. Yo debía presentar documentos avalados por mi país que demostraran mi soltería, de lo contrario, el matrimonio civil en Colombia no podría llevarse a cabo, así que forzosamente tendría que viajar a México para solicitarlos y luego regresar a Colombia a consumar el matrimonio. Una vez más parecía que las cosas se complicaban, no permitiendo que se llevara a cabo esa boda. Parecía que el destino se oponía colocando un sinnúmero de obstáculos. Recuerdo bien que el buen Guillermo, cuñado de Liliana, me hizo una insinuación que jamás podré olvidar, diciéndome que después de casarme con Liliana las cosas serían peores. No supe por qué o qué me quiso decir con eso, pero en ese momento no fue de mi mejor agrado y tampoco le tomé importancia, aunque en el fondo sentí como si estuviese recibiendo una señal para interrumpir esa relación y, por lo tanto, ese enlace civil, pero mi euforia y testarudez, por no llamarle estupidez, fueron mayores y no di ninguna credulidad a esos "avisos".

Durante los meses de abril y mayo seguí asistiendo solo a las conferencias del pastor Gualderrama, que de mucho me sirvieron para fortalecerme moral y anímicamente, obteniendo las fuerzas necesarias para contrarrestar los embates que a diario recibía de la mezquina chiquilla. Por todos los medios trataba de no dejarla sola con su madre durante mucho tiempo, cosa que la enfurecía, pero fue un remedio efectivo para que no continuara contaminando más de la cuenta la mente de Liliana.

CAPÍTULO XIX

Afilando navajas

5:00 p.m. Martes 7 de julio de 2009.

Un día antes de los preparativos de mi próximo viaje a la capital mexicana, los familiares y varios amigos de Liliana fueron invitados a una reunión que se había organizado en casa de Oummi con el motivo de despedir al amigo mexicano y prometido de Liliana. Entre los muchos familiares y amigos destacaban dos de apariencia muy extravagante: María Virginia y su reciente "adquisición", quiero decir, amigo, quien, por cierto, congenió maravillosamente con Angélica, tratándose entre ellos con mucha familiaridad, como si ya se hubiesen visto anteriormente. En lo particular, el sujeto no me dio buena espina, pero ¿quién me creía yo para prejuzgar a las personas? Una vez más tuve que poner en práctica las enseñanzas del pastor recibidas en las conferencias de los sábados, tratando de compartir por igual con todos los ahí presentes, agradeciendo su presencia y aprecio por mi persona, e incluso, en un momento de introspección, me acerqué a Angélica para decirle que pronto nos volveríamos a ver y que a mi regreso traería conmigo un bonito regalo de mi país para ella. Ambos fingimos una sonrisa y pactamos una tregua, abrazándonos con desinhibición.

La velada continuó durante casi toda la noche de manera placentera, con todos deseándome un buen viaje y un pronto retorno. Poco a poco, al paso de las horas, los visitantes se retiraron; los únicos que permanecieron en casa fueron María Virginia y su amigo. Finalmente se despidieron, pero antes de esto, el acompañante me extendió un pequeño morralito en el que llevaba un par de libros, aparentemente de psicología, y me argumentó que le hiciera favor de hacérselos llegar a su hermano, que vivía y trabajaba en Ciudad de México, proporcionándome solamente su primer nombre, arguyendo que su hermano no tenía teléfono en México y que la comunicación entre ellos había sido siempre por e-mail, pero que no me preocupara, pues él me contactaría, esperando mi arribo en el aeropuerto con su nombre escrito en un cartel. De modo que, sin pensarlo más, acepté de buen modo el cumplir esa encomienda. Ese hombre se levantó del sillón, brindándome tres veces su nombre esa noche, el cual jamás olvidaré.

—Jhon Jairo, me llamo Jhon Jairo —recalcó.

Pues bien, yo también hice lo propio, levantándome del sillón, chocando fuertemente las manos, dándonos un abrazo en un saludo fraternal, y me deseó un buen viaje.

María Virginia y Liliana se encontraban a unos cuantos metros de distancia de nosotros, cuchicheando no sé qué tantas cosas, a las cuales no les puse ningún cuidado. Por fin llegó la hora en que se retiraron.

Nos dedicamos a revisar mi pasaporte y demás documentos y a terminar de acomodar el equipaje. Casi todo estaba listo en la maleta, excepto el pequeño morral con los libros que había recibido de aquel hombre la noche anterior, así que decidí acomodar el morral con todo y libros dentro de la maleta, pero

Liliana se opuso y me dijo que era mejor que llevara colgando el morral sobre mis hombros porque de ese modo evitaría que mi maleta tuviese que ser revisada en la aduana, puesto que al llevar sólo ropa no tendrían para que abrirla; en cambio, el morral podrían revisarlo sin ningún problema. Me pareció lógica su deducción e inclusive añadí al morral un libro más de mi pertenencia, el que leía en esos días. Los dos libros que entregaría al llegar al aeropuerto mexicano estaban perfectamente sellados, protegidos y envueltos con cinta y plástico transparente adherible, así que resultaba muy difícil manosear el contenido de su lectura. Me pareció una exageración. De todas formas, eso no fue cosa que me inquietara, pues junto con esos dos libros ajenos cargaba el mío; se trataba de un ejemplar de la serie *Caballo de Troya*, del señor J.J. Benítez, uno de mis más admirados y afamados escritores.

El reloj marcaba 17 minutos antes de la medianoche de ese día cuando terminamos de alistar todas las cosas del próximo viaje, yéndonos, sin otra cosa más que hacer, a descansar, ya que la salida del avión que me transportaría a la ciudad de Bogotá, de allí haciendo un breve traslado a otra aeronave que me llevaría de regreso a la Ciudad de México, estaba programada para las 10:30 a.m. del siguiente día.

6:00 a.m. Miércoles 8 de julio de 2009.

Muy temprano, después de despedirme de Oummi, Liliana, Angélica, Miriam y haber concluido el recorrido en bus de Ginebra a Cali sin contratiempos, llegué al Aeropuerto Internacional Alfonso Bonilla Aragón de la ciudad de Cali. Después de pasar por algunos filtros de seguridad finalmente monté el avión y despegamos rumbo al Aeropuerto El Dorado en la ciudad de Bogotá. El vuelo de Cali a Bogotá fue cortísimo, más tarde en esperar la salida para abordar que en llegar al destino. En fin, ahora vendría la siguiente etapa del viaje: buscar por todo ese laberinto de bandas, escaleras y pasillos, la sala cuatro de los vuelos internacionales y localizar la puerta de salida del vuelo que debía tomar con destino a mi querido México. Yo tenía cierta premura por temor a retrasarme y perder mi vuelo, así que caminaba rápidamente y en ocasiones hasta corría a toda prisa por los pasillos para ubicar la sala cuatro lo más rápidamente posible. En eso estaba cuando se me acercaron dos agentes de la Policía Nacional de Colombia para hacerme algunas preguntas, sin embargo, era yo quien tenía que hacerlas. Pedí que me auxiliaran para llegar a la citada sala cuatro, pero no ocurrió así, ellos me cuestionaron con varias preguntas antes de que yo pudiera formular las mías.

—Vea, señor —uno de los agentes me soltó de golpe tres preguntas al hilo—. ¿Hacia dónde viaja? ¿Qué es lo que lleva en el morral? —y por último— ¿Tiene registrada alguna maleta?

Al saber los agentes lo que el morral contenía, el otro agente, que había permanecido callado, me pidió que se lo mostrara, y detalladamente examinó con la vista cada uno de los libros. Tomó el de *Caballo de Troya*, lo hojeo, lo olfateó y lo depositó de regreso al morral, pero comenzó a revisar los otros dos que se encontraban empaquetados, muy detalladamente, e igualmente los olfateó. Comenzó a manipularlos como tratando de probar su flexibilidad y peso, entonces pensé que tal vez tendría que pagar un impuesto por esos otros dos libros o mostrar una factura de compra. ¡Qué equivocado estaba! El agente de mayor rango que escudriñaba aquellos libros miró a su compañero con un gesto específico y, sin cursar más palabras, los agentes me pidieron amablemente que los siguiera hasta una pequeña oficina, en donde permanecí por alrededor de 40 minutos. Comencé a inquietarme aún más porque el tiempo pasaba y la salida de mi vuelo se acercaba cada vez más; de repente, una tercer agente entró a esa oficina, trayendo con ella mi maleta de embarque. Entonces mi cabeza literalmente comenzó a dar vueltas. ¿Qué sucedía? ¿Por qué me tenían allí? ¿Acaso había incurrido en alguna falta administrativa mayor? ¿Por qué habían llevado mi equipaje hasta ese lugar? Y conjeturaba muchas interrogantes más. Entonces, el agente que me realizó las primeras tres impactantes preguntas se paró del escritorio, en donde se encontraba escribiendo algo, y regresó a hacerme una pregunta más.

—¿Es de usted esta maleta, señor?

—Sí, claro que es mía, señor agente —contesté.

—Señor, vamos a realizarle una inspección a su maleta. ¿Está usted de acuerdo? —Claro que sí —contesté nuevamente.

Comenzaron a revisar la maleta por todos los lados y ángulos que podría tener, junto con todas las pertenencias que contenía. Luego procedieron a meter nuevamente todo, con cierto desorden, y la cerraron, diciéndome lo siguiente:

—Su maleta está limpia.

Recordé en ese momento la primera vez que pasé por la aduana, sin ninguna dificultad, y hasta fui ignorado por aquellos dos agentes que se rieron a mis costillas, sin pasar revisión alguna, apurándome para que siguiera mi paso y entrara a Colombia. Pero ahora era distinto; pasaba todo lo contrario. Comencé a sentirme como un delincuente; creí que todo este sainete se aclararía rápidamente, que se disculparían conmigo, tomaría mi maleta y pertenencias y literalmente saldría volando a abordar mi avión, olvidando ese bochornoso asunto. Pero no fue así. Me acercaron un documento para que lo firmara, autorizando a la Policía Nacional de Colombia para hacerme pasar por un aparato de rayos X y comprobar que yo no llevara en mi estómago nada que fuera ilegal, algo así como capsulas con drogas. Me quedé atónito por las sospechas de estos agentes. ¿Cómo es que se les ocurría pensar que yo fuese un posible pasante? Sin embargo, comprendí que ellos sólo cumplían con su trabajo, que, de paso sea dicho, mis respetos por su profesionalismo, cosa que en mi país, lamentablemente, no existe.

Al pasar por el escaneo, los agentes verificaron también que en mi barriga no existía indicio de elementos extraños y sólo faltaba llenar un formulismo más para poder retirarme a abordar. Entonces el agente que me había pedido inicialmente el morral comenzó nuevamente a revisar los libros y con un *cutter* perforó uno de ellos, dándose cuenta de que el supuesto libro en realidad era una caja que aparentaba ser un libro. Así que con el mismo *cutter* procedió a cortar un trozo de la aparente carátula, haciendo saltar un polvillo blanco. Al hacer el análisis de campo se comprobó que los falsos libros contenían clorhidrato de cocaína. Quedé capturado en ese momento por la Policía Nacional Antidrogas de Colombia, acusado de portación y tráfico de substancias estupefacientes.

En ese momento el mundo se me vino literalmente encima. La incertidumbre llenó mi cabeza de miles de cavilaciones. ¿Cómo es que había caído en esa vil y asquerosa trampa? ¿Por quién fue orquestada? ¿Cómo había sido posible que mi propia mujer me enrolara en esa lamentable y penosa situación? ¿O acaso también había sido una víctima? ¿Acaso María Virginia no sabía a qué se dedicaba el tal J.J.? Todo esto era ya irrelevante. En esos momentos era un preso y no quedaba más remedio que asumir las consecuencias y la torpeza de mi ciega confianza en las personas.

No podía dar crédito a lo que estaba sucediendo. Los agentes, después de haberme leído mis derechos, me indicaron que también tenía derecho a hacer una llamada para poner al tanto de mi situación a mis familiares o amigos. Sin más pensarlo, me comuniqué con Liliana.

—Aló —contestó ella.

—Hola, soy yo, Lehabim Alí. Debo ser breve, tengo pocos minutos para comunicarte que he sido capturado por la Policía Nacional; acusado de narcotráfico. Necesito que me ayudes.

Con aterradora frialdad contestó:

—Está bien. No se preocupe, Lehabim Alí. Le conseguiremos un abogado. Y dígame, ¿para dónde lo llevarán?

—Aún no lo sé —contesté.

—Ah. Bueno, bueno, ya lo sabremos después —y colgó la bocina, siendo aquella la última vez que hablé con ella.

Después de haberme leído mis derechos una vez más, los policías aeroportuarios me esposaron las manos detrás de la espalda y fui escoltado hasta la salida del Aeropuerto El Dorado.

CAPÍTULO XX

La modelo

1:30 p.m. Miércoles 8 de julio de 2009.

Escoltado por los agentes aeroportuarios llegamos hasta donde nos esperaba una furgoneta tipo panel estacionada a las afueras del aeropuerto. En ella venían dos agentes más de la Policía Nacional de Colombia y me introdujeron a la citada furgoneta aún llevando las esposas en mis muñecas. Uno de los dos recién llegados agentes se acercó a mí diciendo:

—Vea, señor, usted será trasladado en estos momentos al Instituto Penitenciario Carcelario (INPEC) La Modelo de Bogotá. Será puesto ante la fiscalía, en donde un juez dictaminará si es o no culpable de los hechos de que se le acusa; de serlo, se encargará también de aplicarle una sentencia y así sabrá usted también el tiempo que durará su condena —y agregó—. Si no tiene abogado, el Estado le proporcionará uno.

Al cerrar las puertas, la panel arrancó y se puso en marcha, con rumbo desconocido para mí.

2:45 p.m. Miércoles 8 de julio de 2009.

Después de un trayecto que me pareció eterno, el vehículo se detuvo y me hicieron descender de éste. Habíamos llegado a la cárcel La Modelo de Bogotá.

De inmediato fui alojado en una celda, en donde ya se encontraba apretujada una gran cantidad hombres de distintas clases sociales y edades, pero allí adentro todos éramos iguales: todos éramos presos. La mayoría permanecían callados; algunos se tiraban al piso, otros se recargaban sobre las paredes, y otros tantos se asían de los barrotes de aquella celda colectiva. El espacio era muy reducido y tuve que caminar con mucha cautela para no pisar a los que yacían sobre el suelo o colisionar con alguno de los que se encontraban caminando, dando vueltas desesperadamente por toda esa celda. Lo que menos deseaba era tener una confrontación con alguno de estos tipos.

Al paso de las horas, que se fueron convirtiendo en días y luego en semanas, fuimos nombrados uno a uno, y los que salían de ese encarcelamiento, al ser nombrados, ya no volvían, sin que ninguno de los que seguíamos allí supiéramos cuál había sido su destino. Pero así como salían, otros llegaban. Era el cuento de nunca acabar. Por fin llegó mi turno y fui nombrado. No sé cuánto tiempo pasé hacinado con los demás presos en esa sombría y sucia mazmorra, así que de algún modo sentí un alivio al dejar ese sitio.

Dos agentes de la Policía Nacional volvieron a colocarme las esposas y me condujeron por algunos pasillos hasta llegar a unos baños. Me pidieron que me desnudara y luego me dotaron de un jabón neutro y un zacate; acto seguido, comenzaron a rociarme con una gruesa manguera, de la cual salía un gran flujo de agua helada, para asear mi pestilente aroma de muchos días sin bañarme. Posterior a esta preliminar preparación y aseo de mi persona, fui pulcramente vestido con un overol gris para preso y puesto ante la presencia de un juez, quien leyó sobre las acusaciones de las que era objeto. Se me culpaba de haberse encontrado en mi equipaje poco más de dos kilos de clorhidrato de cocaína, que se transportaba a modo de dos ladrillos camuflados como si fuesen libros. Por ese motivo se me condenaba a pasar ocho años en esa institución penitenciaria; acusado de posesión y tráfico de estupefacientes hasta no probar lo contrario. Ahora sólo restaba esperar a que la fiscalía diera inicio a las indagatorias pertinentes de los datos y nombres que en mi declaración previa había aportado a la policía, y esclarecer la verdad de los hechos. Mientras tanto, sabía muy bien que tendría que llevar todo el proceso del juicio tras las rejas; también estaba consciente de que llevaría un largo y penoso tiempo.

10:30 a.m. Lunes 13 de agosto de 2009.

Después de salir del expeditivo juicio fui llevado, por un oficial de alto rango de la Policía Nacional de Colombia, al patio 3 del ala sur del penal. Me enteré de que en este lugar existían dos alas, la sur y la norte, y que desde hacía unos años la guerrilla controlaba el ala sur y los paramilitares el ala norte, pero ahora en el ala sur se encontraban los patios 3 y 3ª, donde ubican a funcionarios públicos y extranjeros. Los patios 4 y 5 son para reincidentes, y en el ala norte están los patios 1ª y 1ᵇ, para abusadores sexuales; los patios 2ª, 2ᴮ y Nuevo Milenio son para reclusos con VIH y el Piloto 2000 para internos con discapacidad física.

Todo esto me parecía una pesadilla. ¡Cómo iba a decirle a mi familia que me encontraba preso en Colombia! Y mucho menos por un delito como ese. ¿Qué podrían hacer para ayudarme estando a más de tres mil kilómetros de distancia?

Mientras que un "dragoneante", como se les llamaba a los guardias de uniforme camuflado azul y botas negras que custodian a los reclusos, me condujo e instaló "cómodamente" en una triste mazmorra oscura y pestilente, repentinamente llegaron hasta mí recuerdos de todas aquellas enseñanzas del pastor Gualderrama con respecto a la confianza de dejar en las manos del Señor Jesús todas aquellas aflicciones que humanamente no está en nuestras manos resolver. Y la mejor manera para ello es por medio de la oración en secreto y la fe, poniéndonos directamente en contacto con Él. Eso fue exactamente lo que hice en ese momento y me sentí fortalecido.

Esa pequeña celda oscura y sucia, con dos camastros viejos y una pestilente letrina en un rincón, la compartía con otros 15 reos. Inmediatamente me impusieron sus reglas, advirtiéndome claramente quién mandaba ahí, y, por increíble que parezca, no sentí temor. Simplemente los escuché y les pedí que me instruyesen de la mejor manera sobre las reglas que debía seguir, ya que mi intención era aprender y no llegar a imponer. Sin duda alguna todos esos desgraciados privados de su libertad quedaron confundidos con mi respuesta, o quizás se impregnaron de mi paz interna, logrando que ninguno de ellos se atreviese a tocarme. Confundidos, se miraron entre ellos y luego me miraron. El más rudo y fiero se acercó a mí y me tendió su mano en señal de paz. Los demás lo siguieron, dándome la bienvenida al nuevo "hogar" que me albergaría por no sé cuánto tiempo más, siempre y cuando pagara a tiempo mis cuentas de hospedaje en la celda.

Mis compañeros de celda también me pusieron al tanto sobre qué representaba la figura del "pluma", advirtiéndome que se trataba del jefe de cada patio, el que impone las reglas y el orden dentro del patio. Se hace lo que él diga, todos los internos lo saben. No es nada recomendable desafiar su autoridad porque hay reclusos que han tenido que trasladar a otros penales, pues ningún jefe "pluma" los quiere. La consigna era: "O se va o se muere". Y ya muchas veces se había cumplido esa consigna.

Dentro de La Modelo es muy importante regirse por los llamados "12 mandamientos," que son normas, códigos de conducta y de supervivencia, que todos los reos deben guardar con resquemor. Lamentablemente, así tenía que ser para todos. Dentro de La Modelo se subsiste mejor si se cuenta con dinero suficiente. El hacinamiento es mayúsculo y comprar una celda costaba millones de pesos colombianos, alrededor de 25,000 pesos mexicanos, poco más, poco menos. Eso estaba muy lejos de las posibilidades del bolsillo de la mayoría de los reos, entre los cuales me encontraba yo; por esa razón tenía que buscar en donde dormir. No siempre se puede encontrar un lugar seguro o una celda que alguien quisiera compartir, pues eso sólo se logra pagando una cierta cantidad por el hospedaje del día, cuando lo tienes, pero muchas veces tuve la necesidad de pasar la noche en "carretera," es decir, a mitad de los corredores de la cárcel, exponiéndome a ser atracado, violado o hasta asesinado por quitarme lo poco que cargaba. Además, esos pasillos estaban infestados de ratas, cucarachas, escupitajos y hasta heces secas de los mismos reos embarradas en el piso. Las condiciones de salubridad eran extremadamente deplorables.

Cada viernes, un grupo de estudiantes del último semestre de la Facultad de Derecho de la Universidad de los Andes nos visitaba para ayudar a la población de reclusos que así lo quisieran y agilizar sus procesos mediante asesorías jurídicas, representación jurídica y capacitación en defensa. Yo tuve la suerte o, mejor dicho, la bendición de ser asesorado y visitado por dos excelentes, lindísimas y carismáticas jóvenes estudiantes de derecho; una de ellas era muy risueña, su nombre era María Soraya, y la otra joven estudiante era un poco más juiciosa, su nombre era Sandra Elizabeth. Ellas se interesaron y tomaron mi caso por ser la primera ocasión en la que atenderían el proceso de un preso extranjero.

A partir de ese momento no volví a sentirme solo, ya que la difícil situación de que mis hijas o familia pudiesen llegar a visitarme en la cárcel se complicaba irremediablemente por la lejanía y los costos del forzado viaje México-Colombia de ida y vuelta, añadiendo a eso todos los gastos de hospedaje, alimentos, transportación dentro de la ciudad de Bogotá, etc., cosa que no era de ninguna forma redituable. Lo mejor que pudieron hacer fue enviarme remesas de dinero por medio de las jóvenes abogadas, para mi mejor estancia en la cárcel, y mantenerse en continuo contacto con ellas, que tanto beneficio aportaron a mi caso. Nunca tendré cómo pagarles por todo el entusiasmo y esmero que desempeñaron en mi caso.

De Liliana ya ni decir nada. Ella se olvidó de mí por completo. Si fue capaz de abandonar a su familia e hijas, ¿qué podría esperarme a mí? Algunas veces recibí la visita del buen Guillermo, cuñado de Liliana, quien me daba las noticias y pormenores de la casa y los saludos de Oummi y de toda la familia en Ginebra. Me contaba también que todos oraban y pedían diariamente a Dios por mi pronta libertad, e igualmente me daba informes sobre la repentina desaparición de Liliana, quien, dos días después de mi arresto, so pretexto de viajar a Cali para dejar a su hija con el buen Henry, se esfumó sin dejar un solo rastro. Guillermo planteaba la posibilidad de que quizás ella había salido huyendo de casa, en compañía de su amiga María Virginia y de aquel hombre estrafalario que conocí el día en que se festejaba mi despedida. Luego lo noté dudar mucho en lo que trataba de decirme, pero finalmente me dijo que ese tal J.J. no era ningún desconocido para María Virginia ni para Liliana, puesto que antes habían vivido juntos los tres en Cali. Además, J.J. ya había tenido varios problemas con la policía colombiana y hasta estuvo preso por algún tiempo; incluso había utilizado a Liliana y a María Virginia como carnada en algunos de sus operativos de turbias negociaciones. También me confesó que los variantes estados de ánimo de

Liliana se debían a los largos periodos obligados que tenía que soportar sin el consumo de cocaína por la falta de plata. Pude notar una vez más en el rostro del buen Guillermo que su expresión, siempre optimista, cambió, marcándose un gesto palidecido por la mortificación que sentía por mí al revelarme ese negro episodio en la vida de aquella mujer, por quien yo había apostado todo para venerarla como a una verdadera dama.

En ese instante, Guillermo me pidió que lo perdonase por no haber tenido antes el valor de ser más sincero y claro conmigo, pudiendo evitarme esta dolorosa embestida. Fue entonces que comprendí mejor por qué el buen Guillermo había expresado esa súbita frase, "Después será peor", que en su momento no entendí y no le di ningún valor.

Así que ahora, aunque tardíamente, le agradecí desde lo más profundo de mi corazón, porque, contra todo lo que pudiera pensar el buen Guillermo, al desvelar todas estas cosas me liberaba, haciendo que mi carga fuera más ligera, logrando obtener el valor inexcusable para desprenderme de una obsesión que yo mismo me había creado.

Cierto día de septiembre de 2009.

Cada 24 de septiembre se celebra la fiesta de las Mercedes, el día de la santa patrona de los reclusos. La decoración y música es muy alusiva ese día en la cárcel.

Era sorprendente para mí darme cuenta de que habían pasado ya dos meses y 16 días desde mi ingreso al penal. En un principio comencé a hacer una cuenta regresiva del tiempo que me faltaba para obtener mi libertad, pero advertí que lo único que me provocaba ese método era una tremenda depresión, pues al comparar el tiempo que llevaba de estancia en el penal con lo que me faltaba para ser liberado, esto se reducía a nada. Así que opté por seguir el consejo de un hondureño, extranjero como yo, al que le habían incautado 12 ladrillos de cocaína de una libra cada uno, además de 35 capsulas ingeridas, también de cocaína. Tenía que purgar una condena de 22 años, de los cuales ya llevaba poco más de 10, así que ese hombre de aspecto apacible y unos 70 años me decía: "No cuentes los días, Alí. Deja que el tiempo corra, que el tiempo los cuente por ti, porque el tiempo jamás se detendrá. El día de tu libertad o la mía va a llegar cuando menos lo espera uno, además, tú no sabes quién te otorgará esa libertad, si el hombre o el Señor". Esas últimas palabras se profundizaron en mi mente y las quise tomar como una profecía, ya que esa última frase fue como un misterioso mensaje revelador para mí.

11:00 a.m. Cierto día de marzo de 2010.

El tiempo siguió su andar, con todas las calamidades y penurias que se suelen pasar dentro de una prisión.

Cierta mañana se armó un zafarrancho entre varios reclusos en una de las celdas, desencadenándose una fuerte riña, en la que uno de los presos resultó apuñaleado en varias ocasiones.

Al paso de las horas supe que el preso a quien habían asesinado esa mañana era aquel viejo hondureño al que habían sentenciado a pasar 22 años en prisión, y con quien, meses atrás, en una mañana soleada, sostuve, ahora lo sé, una significativa conversación. «Por fin», pensé. En ese instante, ese hombre había logrado su libertad. Sus penas y su dolor habían terminado.

—Descanse en paz, viejo hondureño —susurré.

Yo había dejado de preocuparme; hacía ya mucho por contar el tiempo que llevaba recluido en esa cárcel. Creo que sin querer me había adaptado, pues recordaba que en alguna ocasión de mi niñez oí decir a mi señor padre que, por alguna causa, en una excursión en la que escaseaban los alimentos, exclamó lo siguiente: "O te aclimatas o te 'aclimueres'". Una graciosa reflexión que perdura en mi cabeza hasta este día.

Así que ni siquiera sabía el día en que vivía. No sabía tampoco si ese día, al otro o en varios días más, tendría algo para comer. No sabía si abriría mis ojos al siguiente día para ver su luz. No sabía si algún día volvería a ver a mis hijas y a mis nietos. En fin, no sabía ni me importaba saberlo. Sólo me daba cuenta de que era viernes cuando las dos simpáticas abogadas María Soraya y Sandra Elizabeth pasaban a darme información y detalles sobre la evolución y desarrollo de mi proceso jurídico. Por otro lado, ya ni el buen Guillermo había regresado a verme, y lo entendí, así que tuve que adaptarme a esa miserable existencia, pero sin dejar de llevar en mi corazón, pensamiento y palabra, las enseñanzas del pastor Gualderrama y tener muy firme la convicción, día con día, de que mi liberación algún día iba a llegar. De eso ya no me cabía la menor duda. Jamás perdí la esperanza de que llegarían los mejores tiempos de mi vida; solamente el Padre Universal lo decidiría.

CAPÍTULO XXI

Con un pie hacia la libertad

7:30 p.m. Lunes 20 de diciembre de 2010.

Las cosas dentro de la cárcel no eran fáciles, y aunque contaba con el apoyo económico de las remesas de dinero que recibía de mis hijas, los costos dentro de la cárcel son altísimos y uno tiene que buscarse el modo de obtener un poco más de plata; ya sea aseando letrinas, lavando ropa, boleando zapatos, haciendo mandados, vendiendo cigarrillos, dulces o cualquier otra cosa que se les pudiera ofrecer a los presos que tienen el control y las posibilidades económicas de pagar por estos servicios. Y así obtenían mejores condiciones quienes a duras penas sobrevivíamos dentro de esas peligrosas, sucias e inmundas mazmorras, cuidándonos, igualmente, de no caer en la tentación de entrar en negocios turbios, como la venta de droga, la prostitución o convertirse en sicario de alguien, ya que este tipo de actividades eran las más lucrativas, pero a muy alto costo.

Al cabo del tiempo fui haciéndome de más clientela, la cual quedaba satisfecha con mis servicios como asistente de limpieza, mandadero y mozo. Al poco tiempo fui llamado por el pluma de ese patio, quien ya había escuchado sobre la eficiencia de mi trabajo, y comencé a trabajar para él; de manera que obtuve cierta protección y mejores condiciones de subsistencia. Sin duda alguna, yo sabía que la comunicación que tenía todas las noches con el Señor Jesús por medio de la oración en secreto, y apartándome de todos los demás reos a mi alrededor, era escuchada por Él y me estaba dando resultados.

La pesadumbre de ese encierro me fue más ligera y soportable, podría yo decir, ya que poco a poco había ganado el respeto y cariño de muchos reclusos. Lo más importante, naturalmente, fue la bendición del Señor todos los días, sin dejar de descartar en este mundo materializado la confianza del jefe pluma.

Recuerdo aquella anécdota muy popular que se ha contado a través del tiempo sobre un fanático religioso. Al desbordarse una presa sobre un pequeño poblado, todos los moradores fueron evacuados, pero él se negó a salir de su casa, quedando atrapado por las fuertes corrientes de agua que habían destruido e inundado toda esa población, de modo que este hombre, en su gran y fanática obsesión, comenzó a ahogarse en las turbulentas aguas de la presa desbordada. Gritó al Señor que viniera a salvarlo, y de pronto apareció ante él un gran tronco de los árboles arrancados por la corriente de agua y lo dejó pasar. Atrás de este tronco venían unos hombres sobre una pequeña balsa y le pidieron subir a ella, pero este hombre se rehusó a hacerlo, dejándolos seguir su camino. Por último, llegaron hasta él unos rescatistas en un enorme helicóptero, pero una vez más se negó a ser salvado. Este hombre siguió gritando al Señor que viniera a salvarlo y finalmente se ahogó en esa caudalosa corriente. Al llegar ante el Señor, el hombre reclamó a Dios diciendo:

—Señor, he seguido tus mandamientos al pie de la letra; siempre he tenido la fe dispuesta a creer en ti; he sido un miembro fiel de mi iglesia y tú no llegaste nunca para salvarme.

El Señor le contestó:

—Hijo mío, tu terquedad y fanatismo te han llevado a perecer. Debes recordar que yo he dicho: "Ayúdate, que yo te ayudaré".

El mundo seguía girando y con éste, el tiempo continuaba su imparable marcha. Llegó un viernes más; como dije antes, lo sabía porque especialmente eran los viernes cuando los estudiantes de la Facultad de Derecho de la Universidad de los Andes nos ayudaban con nuestros procesos jurídicos. También me alegraba mucho porque mis dos jóvenes abogadas pasarían a visitarme, por lo tanto, especialmente esos días me ataviaba con mis mejores "garritas", sólo para recibirlas. Ya no pensaba en las buenas o malas noticias que tuvieran para mí, sólo su presencia me hacía sentir feliz de saberme apreciado por alguien, y eso bastaba.

Uno de esos viernes las vi venir, a lo lejos, caminando directamente hacia mí con una aparente prisa y una gran sonrisa en sus rostros, lo que me hizo intuir que algo bueno me dirían. Y no me equivoqué, pues apenas llegaron me expresaron casi en coro:

—Alí, tu absolución está resuelta.

Sólo faltaban algunos trámites para dar la fecha de mi liberación. Sin pensarlo más, los tres nos abrazamos y algunas lágrimas rodaron sobre mi rostro.

—Bendito Dios, bendito —grité en silencio.

Transcurrió el tiempo, tal vez tres, cuatro o cinco meses, y muchos viernes más. Cierto día que, por cierto, no era viernes, las dos jóvenes abogadas se presentaron conmigo con la resolución de mi exoneración firmada y sellada por las Leyes de Justicia de Colombia; en la cual se podía leer: "El Departamento de Justicia de…, con el expediente número…, resuelve deslindar de toda responsabilidad penal, civil o moral, al señor… por los delitos de los que fue acusado, otorgándole su pronta libertad para el día…".

La euforia fue mayor; los tres reíamos, llorábamos, pegábamos de saltos y nos abrazábamos de gusto. Sé que sin ese par de ángeles, sabe Dios cuánto tiempo más hubiera permanecido recluido en ese terrible lugar. Sin embargo, sentía algo de nostalgia por dejar atrás a esa fraternidad de reos amigos.

CAPÍTULO XXII

Ginebra-Cali-Bogotá, D.C.-México, D.F.

11:30 a.m. Miércoles 15 de junio de 2011.

Un dragoneante, como se acostumbraba llamar a los guardias de la prisión, me abrió la puerta de salida de la cárcel La Modelo, pero antes de salir me detuve para preguntar cuál era la fecha de ese maravilloso día. Obviamente, me miró con extrañeza, y sin otra cosa que le importara, me la sopló. Fue entonces que me di cuenta de que permanecí injustamente preso en La Modelo por un año, 11 meses y siete días. Sin embargo, la emoción fue tal que sentí que todo mi cuerpo se tambaleaba. Las piernas apenas podían sostenerme en pie, casi no podía dar paso, pues se me ocurrió pensar que tal vez se arrepentirían de haberme otorgado la libertad y entonces tendría que echar a correr a toda velocidad para no volver a ser capturado. Se me hizo un nudo en la garganta y no sabía si reír o llorar de alegría.

Además, ese día 15 de junio se conmemoraba un aniversario más del natalicio de mi siempre amada madre, y aunque me resistí, no pude contener mi llanto, ya que ese día volví a nacer. Coincidentemente, mi madre me acompañaba en su esencia.

Aún con las lágrimas en mis ojos vi a lo lejos a esos dos ángeles; eran mis jóvenes abogadas acompañadas por un estudiante más de la Facultad de Derecho, quienes me esperaban dentro de un modesto automóvil para alejarme de la prisión lo más rápido posible y tomar rumbo hacia el Aeropuerto El Dorado para salir de Bogotá D.C. en el vuelo más próximo rumbo a México, D.F.

Las dos abogadas se habían hecho cargo ya de mi maleta y mis demás pertenencias y llevado a cabo los trámites pertinentes para su recuperación y entrega, incluyendo mi ejemplar de *Caballo de Troya IV*.

Sin embargo, pese a toda esa ansiedad por volver a ver a mis hijas y nietos, en ese instante decidí no viajar a México. Mi decisión fue viajar a Cali porque tenía la intención de pasar a despedirme de la familia en Ginebra. Obviamente, las jóvenes abogadas no estuvieron de acuerdo en aprobar mi decisión, pero la respetaron. Les agradecí con toda mi alma su comprensión y me despedí de ellas, agregando un efusivo abrazo, dado que mi liberación se obtuvo gracias a su excelente trabajo jurídico y al aporte de datos, nombres y pruebas que dieron a la fiscalía para las investigaciones, las que arrojaron la complicidad de Liliana con María Virginia y John Jairo para tenderme aquella infame trampa. Al leer algunos datos que arrojaba mi expediente de liberación supe que, al ser descubiertos por la policía, salieron huyendo en un automóvil. Y al ir transitando a toda velocidad sobre los Andes Colombianos, en la carretera que une a Cali con Bogotá ("la Línea"), perdieron el control durante la persecución, saliéndose de una curva. Los tres perdieron la vida.

Una vez más me despedí de María Soraya y Sandra Elizabeth y salí rumbo a Cali, con destino final en Ginebra.

8:30 a.m. Jueves 16 de junio de 2011.

Esa mañana, estando ya en Ginebra, salí del modesto hotel en donde me había hospedado la noche anterior con el firme propósito de hacer acto de presencia en la casa de Oummi. Por cierto, debo decir que no fui muy cordialmente recibido, excepto por Miriam, la solterona hermana de Liliana, quien siempre me dio un trato amable. Ella me expresó cuánto lamentaba todo lo sucedido, pero ahora la vida había puesto a todos y todas las cosas en su lugar. Luego me dio los datos de donde quedó sepultada Liliana. Oummi nunca salió de su habitación y el buen Guillermo y su esposa hacía tiempo que no se paraban por ahí, prefiriendo permanecer en su apartamento de Cali, pues la felicidad y convivencia de esa gran familia se vio ensombrecida por las nefastas acciones de Liliana.

Siendo un buen entendedor de las circunstancias y el recibimiento obtenido, me retiré de esa vieja casona. Sólo me restaba dirigirme al camposanto del pueblo donde reposaban los restos de Liliana Gómez.

Allí, parado frente a su tumba, nuevamente derramé algunas lágrimas, orando al Señor por su descanso eterno y perdonándola por su perfidia, deslealtad, dureza de corazón y por todo el daño que me había causado. Esa misma noche regresé a Bogotá para partir al día siguiente a la Ciudad de México.

CAPÍTULO XXIII

Inesperada sorpresa

5:30 p.m. Viernes 17 de junio de 2011.

Mis hijas ya habían sido informadas por las jóvenes abogadas María Soraya y Sandra Elizabeth de mi recién liberación y de mi tal vez estúpida decisión de desviarme a Ginebra, así que lo que menos que se esperaban ese día al escuchar el timbre del departamento era verme parado frente a ellas al abrir la puerta de acceso. Fue un instante de incertidumbre el verme cargando mis maletas. Después de ese momento de incredulidad todo se convirtió en júbilo; hubo besos, llanto, risas, aplausos y reconciliación con todas ellas. Me miraban incrédulas, ya que no podían creer que me veían ahí, parado nuevamente junto a ellas. Se sorprendieron mucho al verme aún más esquelético que cuando "bailé" con la señorita Salmonella. La vida en prisión no es algo bueno para nadie; siempre se está en constantes sobresaltos, presiones y, además, está la falta de alimentos. Aun y con todo y devorando por las noches en los pasillos, estando en "carretera" media docena de cucarachas y alguna que otra descuidada rata gorda que pasara por ahí, pero eso no era suficiente alimento para mantener un peso adecuado, causándome irremediablemente una pérdida de más de 30 kilos de los 72 que pesaba antes de ingresar al penal.

Disfruté varios meses al lado de mis hijas y familia, gozando de las travesuras de mis nietos, sobre todo las de ese pequeño "Mohandis", el que vivía conmigo allí en el departamento. Pero, insalvablemente, mi espíritu e instinto aventurero y campirano tiraban de mí con gran intensidad; la inquietud que sentía por regresar a mi isla cada día se acrecentaba más y más y más. Ciertamente amaba a mis hijas y nietos de manera entrañable, pero también amaba todas mis locuras, y las amaba apasionadamente. Así que un día, sin pensarlo más ni pedir autorización o consejo, regresé a la isla.

CAPÍTULO XXIV

Las argollas

7:30 p.m. Martes 11 de octubre de 2011.

Esa maravillosa noche de Luna llena brillaba con todo su esplendor, reflejando su luz sobre las oscuras aguas del Mar de Tecolutla en el Golfo de México. Sentía sobre mi rostro una agradable brisa empujada por el viento del norte, y por debajo de mí, la suave arena de la playa envolvía con suma delicadeza mis ajados pies, que habían sufrido mucho maltrato al pasar descalzos tanto tiempo en prisión, y eran masajeados con mucha ternura por esas finas arenillas. «Oh, Señor, oh, Señor, qué maravilla», cavilaba.

Atrás de mí se vislumbraba en la lejanía, bajo la tenue penumbra del crepúsculo, la figura de cientos de palmeras que se mecían con el viento, formando una hilera a lo largo de la playa, como si fuesen cientos de brazos extendidos dándome la bienvenida.

Mi cabeza se llenó de añoranzas, llegando a ella recuerdos llenos de alegría de todas aquellas aventuras pasadas con todos mis amigos de la isla, el hermano Mora y el Nazareno, mis hijas y las amenas charlas nocturnas que mantenía con

Liliana casi todos los días. Vino también el recuerdo de la señorita Puchekas y de la Dra. Martha Alicia. También llegaron recuerdos de la lucha contra la salmonella, de modo que en segundos repasé toda mi vida. Llegaron a mi mente los últimos y amargos momentos que pasé en la cárcel, comiendo ratas y cucarachas, pendiendo mi vida de un hilo todos los días, así como la nefasta y cruel traición de Liliana.

En ese momento recordé que en mis bolsillos guardaba las argollas que alguna vez representaron y fueron testigos de nuestro compromiso. Las había conservado entre mis pertenencias, teniendo la esperanza de que algún día, esa hermosa mujer a la que amé hasta el extremo pudiera resurgir, volviendo a ser nuevamente aquella grácil dama a la que idealicé, para sellar con esas argollas el pacto de ese amor. Pero su amargura y adicción a la coca la transformaron en la perversa persona que me había hecho tanto mal. Ahora sabía que no sería así jamás.

Sentí que mis pulmones se llenaban con un viento muy fresco y puro, que llegó repentinamente en forma de un pequeño torbellino hasta los rincones más recónditos de mi ser, sintiendo por primera vez la presencia de algo o alguien muy sublime. Incliné mi cabeza, extendí mis brazos hacia el cielo con mis manos abiertas y agradecí al Padre Universal por todo su amor y su comprensión; por haberme protegido y cuidado tanto, pidiéndole perdón porque no supe interpretar todas las señales que Él me había brindado tantas veces.

En un gesto de agradecimiento y liberación de todas mis aflicciones, ofensas cometidas y el dolor por el que tuve que pasar, arrojé las argollas con todas mis fuerzas en ese embravecido oleaje del Mar de Tecolutla, aceptando firmemente a Dios en mi vida, agradeciendo toda la paciencia, la compasión y el entendimiento que Él me dio. Comprendí de esa manera que jamás, sólo en mi mente, existió "la dama de Ginebra".

Fin

www.ingramcontent.com/pod-product-compliance
Lightning Source LLC
Chambersburg PA
CBHW051638260626
47170CB00004B/1225